AF586572

UKRAINIAN MELODIES.

KOLOMYIKA. Podolian Air.
Moderato.
DUMA O HRYCIU.
Andantino
p
p
mf
p
f
ritard
p
Rallendo

LE SOULIER DE LA REINE HORTENSE,

ET

LE JARDINIER, L'ODALISQUE ET LE SULTAN;

MÉLODRAMES,

PAR

UN SUJET DE SA MAJESTÉ BRITANNIQUE,

AUTEUR DE PLUSIEURS OUVRAGES.

LONDRES :

TRUBNER, 12, PATERNOSTER ROW.

JOHN HORNE, 19, LEICESTER SQUARE. | FREDERICK LAWSON, 19, MELTON STREET, EUSTON SQUARE

2, CATHERINE STREET, STRAND, A L'OFFICE DU COURRIER DE L'EUROPE.

Prix : 1*s.* 6*d.*

1856.

PERSONNAGES.

LA REINE HORTENSE.
LE ROI DE HOLLANDE, son époux.
NAPOLÉON Ier, Empereur des Français.
FRANÇOIS II, Empereur d'Autriche.
ABDUL-MEDJID, Sultan de Turquie.
RESCHID-PACHA, grand-vizir de la Sublime-Porte.
LE PRINCE METTERNICH, premier ministre de l'Empereur d'Autriche.
LE COMTE VINCENT KORVIN, colonel des lanciers polonais de la garde impériale, aide-de-camp de l'Empereur Napoléon, puis général, et successivement aide-de-camp des Empereurs Alexandre et Nicolas.
LE GÉNÉRAL LEFÈVRE-DENOUETTE, aide-de-camp de l'Empereur Napoléon.
LE GÉNÉRAL SAVARY, commandant de Paris.
LE MINISTRE DE LA GUERRE } de Napoléon.
LE MINISTRE DES AFFAIRES ÉTRANGÈRES } de Napoléon.
BARTOCHOWSKI, } officiers des lanciers polonais.
KOCH, } officiers des lanciers polonais.
LUTIA, servante favorite de la reine Hortense.
UNE BOURGEOISE DE PARIS.
BOSKI, sergent des lanciers polonais, son amant, puis son époux.
ÉDOUARD BOSKI, leur fils, jardinier du Sérail.
ABDALLAH-DJBI, officier du Sérail.
ZEMIRA, l'Odalisque.
OFFICIERS, SOLDATS, DOMESTIQUES.

DÉDICACE.

A Lady Hamilton Seymour, Lady Morgan, Miss Lowther (*près de Whitehaven*), à Son Altesse le prince Eugène de Carignan, aux maréchaux Baraguey-d'Hilliers et Pélissier de France, à Son Altesse le duc de la Victoire Espartero et O'Donnell, maréchaux d'Espagne, à l'amiral Sir Charles Napier, le héros de Lisbonne et de Saint-Jean d'Acre, à Leurs Excellences Reschid, Sadyk et Omar Pachas, aux lieutenant-général et major-général Windham, ainsi qu'au général comte Michel Horain, a l'honneur de dédier ces mélodrames l'auteur.

Comme ces pièces donnent des extraits historiques du feu empereur Napoléon, sur les grandes questions du jour, comme elles rappellent les aimables qualités de la reine Hortense, et qu'elles sont basées en grande partie sur des faits, ainsi qu'écrites dans le but de produire et de resserrer les liens d'amitié entre la Grande-Bretagne, la France, l'Autriche, la Turquie et la Sardaigne avec d'autres défenseurs de la civilisation; l'auteur sollicite la protection des dames et d'autres personnages distingués qu'il vient de nommer, d'en accepter la dédicace, et de l'aider par leur puissante influence de les faire représenter sur le théâtre, en Angleterre comme à l'étranger.

ACTE I.

SCÈNE I.—(*Palais de Chantilly, près de Paris. Le comte Vincent Korvin, colonel des lanciers polonais de la garde impériale, lisant un journal.*)

LE VALET DE CHAMBRE DU COMTE.—Le général Lefèvre-Denouette vient d'arriver.

LE COLONEL COMTE KORVIN.—Qu'il entre, c'est un de mes meilleurs amis. Soyez le bien venu, soyez le bien venu, mon cher général; il y a un siècle que je ne vous ai vu: je craignais même qu'il ne vous fût arrivé quelque accident, quelque duel.

LE GÉNÉRAL DENOUETTE.—Grâce à Dieu je suis sain et sauf; depuis quelques jours j'étais obligé d'accompagner partout l'Empereur qui, sachant bien que je suis votre ami particulier, m'a demandé plusieurs fois de vos nouvolles. Vous êtes sans contredit un de ses favoris. Quant au duel, j'en ai eu un avec ma femme, qui, après m'avoir enlevé bravement d'Angleterre par jalousie de quelques Anglaises, veut absolument porter la culotte, et me donner le jupon, mais cela n'ira pas.

KORVIN.—Votre femme, cher général, est une des plus belles fleurs de la cour impériale, elle est gracieuse, charmante; elle a de l'esprit, de la tournure, de l'instruction, elle vous aime beaucoup; du reste, chaque femme a ses côtés faibles, je conseillerais donc de lui donner beau jeu dans de petites choses, et de vous réserver la direction des plus importantes.

DENOUETTE.—C'est qu'elle vise justement aux choses *importantes*, et veut me faire son mannequin. Depuis que j'ai dansé au dernier bal avec la jolie baronne allemande, elle est furieuse. Pour prévenir les visites de la dite baronne à son frère, (excellent officier, attaché à ma brigade,) elle vînt chez la Reine Hortense, et obtint par sa protection, l'ordre du ministre de la guerre, (signé par l'Empereur,) pour sa translocation au corps du maréchal Davoust, avant que je sache *moi*, un mot de tout cela, morbleu, si un homme me jouait un pareil tour, il y aurait des coups d'épée, aussi j'ai bien lavé la tête à ma chère moitié, au point de la faire pleurer à chaudes larmes.

KORVIN.—Il faut avouer que malgré son amabilité, elle est entréprenante, ne manque pas de résolution et d'éloquence, quand l'amour lui commande d'éloigner une rivale.

DENOUETTE.—La baronne n'est pas plus sa rivale que vous, colonel, et je ne lui ai pas plus montré de politesse qu'à toute jolie femme qu'on rencontre dans le monde.

KORVIN.—Les femmes ne raisonnent pas, mais elles ont un instinct qui se trompe rarement en pareilles circonstances; j'ai bien remarqué avec d'autres, que la baronne vous regardait avec tendresse, et paraissait vouloir s'insinuer dans vos bonnes grâces, sans doute pour protéger son frère indirectement auprès de vous, et que vous, cher général, tout en conservant la fidélité conjugale à la lettre, tout en aimant votre femme, ne paraissiez pas trop offensé des aimables agaceries de l'Allemande.

DENOUETTE.—Mais, mon Dieu, cher comte, quel est l'officier attaché à la cour impériale, même d'un certain âge, qui se formaliserait trop d'un sourire d'une jolie femme; si pour des choses semblables les maris étaient constamment exposés aux reproches de leurs belles moitiés, il n'y aurait pas de plaisir à aller en société, et la jalousie outrée et déplacée, produirait des effets contraires à ceux qu'elle voudrait produire. Je laisse la liberté à ma femme d'écouter des compliments et de danser aux bals avec qui bon lui semble, sans m'offenser de tout cela, et je veux jouir de mon côté des mêmes priviléges.

KORVIN.—Admirable; mais comme Dieu même a dit: Qu'il serait beaucoup pardonné à celui qui a beaucoup aimé, et comme le grand amour conjugal de votre femme n'est pas un secret, je vous conseille en bon camarade d'éviter pour l'avenir des querelles domestiques, de pardonner généreusement à votre femme le tour adroit qu'elle vient de vous jouer, et de sécher ses larmes par des baisers.

DENOUETTE.—Je ne suis un Néron pour personne, moi, je pardonne bien des choses; mais je n'aime pas que ma femme, au lieu de régner dans le cercle domestique, se mêle de l'administration de ma brigade, pour laquelle je suis responsable non moins à la France, qu'à l'Empereur.

KORVIN.—Si vous m'honorez, cher général, de votre amitié, si vous voulez écouter mes conseils, qui sont tout-à-fait désintéressés et n'ont d'autre but que de vous rendre heureux, ce que j'ai dit, je le redis encore : passez tout-à-fait à votre femme l'affaire dont nous parlons et ne la relevez plus. L'Empereur néanmoins ne manquera pas tôt ou tard d'en être informé, et si on sait la lui conter à propos, cela excitera son hilarité et le mettra en bonne humeur.

DENOUETTE.—Eh bien ! cher comte, trop sûr de votre amitié, je suivrai religieusement vos conseils tout doucement, je vous en donne ma parole d'honneur.

KORVIN.—Maintenant je n'ai rien à craindre, et voilà une affaire bien arrangée.

DENOUETTE.—Savez-vous, colonel, que ma femme se doute que vous prenez souvent son parti, admire avec d'autres l'uniforme de vos lanciers et paraît vous vouloir beaucoup de bien ?

KORVIN.—Je suis vraiment fort reconnaissant pour les bons sentiments du mari et de la femme à la fois. Sans vous flatter, général, je puis vous assurer que je vous préfère à tous les Français de ma connaissance. Quant à votre femme, il n'y a pas de gentilhomme dans ce monde qui, après l'avoir vue et conversé avec elle, ne vous envie un pareil trésor.

DENOUETTE.—Point de compliments, cher comte, si vous êtes mon ami, je suis aussi le vôtre. Quant au trésor, vous ne connaissez que ses beaux côtés, et moi je connais *le pour* et *le contre ;* mais néanmoins, malgré tout cela, je n'ai point le droit d'être trop mécontent de ma loterie conjugale.

SCÈNE II.—LE VALET DE CHAMBRE.—Une femme de chambre...

KORVIN.—De qui ?

LE VALET DE CHAMBRE.—De la reine Hortense.

DENOUETTE.—Est-ce qu'il y a des secrets ?

KORVIN.—Point du tout, restez, il n'y a point de secrets devant vous, général. (*En se tournant vers le valet de chambre :*) Qu'elle entre sans délai.

LUTIA (*tenant un soulier brodé à la main*).—Je viens de perdre, en passant près des casernes des lanciers polonais, colonel, le soulier du pied droit de la reine Hortense, si par hasard un de vos lanciers l'ai trouvé, je lui serais infiniment obligé pour la restitution de ma perte, ayant aussi entendu quelque chose de votre pari, monsieur le comte, à l'égard du soulier, et n'étant pas sûre si le soulier que je viens de perdre s'est retrouvé, j'apporte l'autre qui a déjà chaussé le pied gauche de mon illustre maîtresse au dernier bal à la cour.

KORVIN.—Vous avez bien prévu la chose, votre soulier s'est retrouvé, on me l'a apporté. Reposez vous en attendant bonne et jolie Lutia, et permettez-moi de le garder quelques heures encore.

LUTIA.—De tout mon cœur monsieur le comte, il ne m'est nécessaire que demain.

KORVIN.—Vous l'aurez en temps convenu, mais restez encore quelques moments, (*en se tournant vers le domestique*). Apportez-moi deux souliers ; l'un est sur la table, et l'autre brodé, sur mon bureau.

DENOUETTE.—Expliquez-moi tout cela cher comte, d'autant plus que cela pique un peu ma curiosité, et je n'ai pas la clé de l'énigme

KORVIN.—Volontiers. Un des officiers de mon régiment vient d'épouser une jolie Vaudoise, connue par la beauté de son pied. J'avoue qu'en jugeant son pied par le soulier que le mari a bien voulu me laisser pour comparaison, sa femme a un pied charmant, néanmoins je suis certain que le pied de la reine Hortense est encore plus petit, et mieux tourné ; la beauté de son pied pourrait être le sujet d'une ballade, et j'ai fait un pari avec le nouveau marié et deux généraux pour vingt-quatre bouteilles de champagne séparément, que je leur montrerai un soulier qui couvrait un pied de dame illustre (*sans la nommer*) encore plus petit que celui qui m'a été confié.

SCÈNE III. —LE VALET DE CHAMBRE.—Le lieutenant Koch avec sa femme.

KORVIN.—Soyez les bienvenus, Madame Koch, je suis vraiment reconnaissant à votre mari d'avoir choisi pour épouse une demoiselle qui non-seulement par la beauté de son pied, mais aussi par la bonté de cœur uni à son joli visage m'honore parfois, et m'honorera plus d'une fois, je l'espère, encore de sa présence.

MADAME KOCH.—Vous me flattez, colonel.

KORVIN.—Je ne vous flatte pas, Madame, mais je vous rends justice, j'ai même une grâce à vous demander.

Mme KOCH.—Qu'est-ce donc, colonel ?

KORVIN.—D'essayer en présence de votre mari et Lutia, dans la pièce voisine, ce soulier.

Mme KOCH.—Quel petit et joli soulier! je ne crois pas que je puisse le mettre à mon pied.

LE LIEUTENANT KOCH.—Essayez, ma chère. (*Ils sortent dans l'autre chambre et reviennent.*)

KORVIN (*à Mme Koch*).—Eh bien! avez-vous mis le soulier?

Mme KOCH.—Impossible, il est trop petit.

KOCH.—J'ai donc perdu vingt-quatre bouteilles de vin de champagne.

KORVIN.—Nous les boirons en camarades; en attendant je vous attends à dîner aujourd'hui, où nous discuterons bien des choses.

KOCH.—Je suis fier de la bienveillance dont vous m'honorez, mais comme ma femme a un rendez-vous avec sa mère à Paris, et comme nous n'avons pas de voiture commode, nous avons été obligés d'en louer une pour quelques heures, et nous sommes pressés.

KORVIN. — J'en ai trois ou quatre voitures, plus qu'il m'en faut; choisissez-en une, celle qui plaira le mieux à votre épouse, et offrez la lui de ma part comme présent.

KOCH ET SA FEMME.—Ah! vous êtes trop bon, colonel. (*Ils sortent.*)

KORVIN.—Vous avez quelque chose à me demander, n'est-ce pas?

LUTIA.—Pas précisément, colonel, seulement...

KORVIN (*sonne pour son valet de chambre*).—Dites à mon adjudant de faire venir sans délai le caporal Boski.

LUTIA (*en rougissant*).—Il est peut-être de garde.

KORVIN.—N'importe, il viendra. (*Il arrive; en se tournant vers lui:*) Je vous donne congé pour quarante-huit heures, accompagnez votre amie Lutia, qui rougit en votre présence, et voilà mille francs pour le moment, j'espère vous en donner d'avantage le jour de vos noces. (*Ils sortent.*)

LE VALET DE CHAMBRE.—Le capitaine Bartochowski avec un ami.

KORVIN.—Vous venez bien à propos, cher Barto; comme nous sommes ici tous amis, il faut honorer la visite du général Denouette selon nos coutumes polonaises par un toast digne de lui. (*A son valet de chambre*) Vin de champagne rouge. « A la santé de l'ange couronné et de celle de tous ses amis. Vive la reine Hortense! (*Il verse le vin dans son soulier et boit sa santé.*) Général Denouette, si *vous m'aimez*, si vous aimez l'*empereur*, vous suiverez mon exemple.

DENOUETTE.—Je ferais tout après un pareil discours, mais ne dites rien de tout cela à ma femme, car elle se moquera de moi. " Vive la reine Hortense ! " (*Il verse le vin dans le soulier et boit sa santé ; puis Barto et tous les autres présents en font de même en ajoutant le nom de Madame Lefèvre-Denouette.*)

KORVIN (*au général Denouette*).—C'est agir en vrai camarade. Que ne donnerais-je pour voir une seule fois dans ma vie les pieds de la Reine chaussée à l'antique.

DENOUETTE. — J'oublie de vous informer, colonel, que ma femme donne la semaine prochaine un bal, auquel elle m'a chargé de vous inviter avec quelques officiers de votre régiment qui dansent la mazurka, attendu que la Reine de Hollande, qui doit nous honorer de son auguste présence, a manifesté plus d'une fois le désir de la voir danser par des lanciers polonais.

KORVIN.—J'accepte avec le plus grand plaisir son aimable invitation, et je ferai tout au monde pour prévenir toujours ses désirs.

DENOUETTE.—Après avoir passé fort agréablement la matinée avec vous, colonel, il faut que je vous quitte pour me rendre auprès du Roi de Hollande.

KORVIN (*en le reconduisant à la porte*)—Au revoir donc, au bal. (*Il sort.*)

SCÈNE IV.—*L'Empereur Napoléon dans ses appartements, aux Tuileries, se promenant à grands pas ; il est de bonne humeur, et pince les favoris d'un de ses aides-de-camp, l'autre se tient à l'écart.*

L'OFFICIER D'ORDONNANCE.—Le général Savary, commandant de Paris, demande à voir Votre Majesté.

L'EMPEREUR NAPOLÉON.—Qu'il entre. Et bien, Savary, quelle nouvelle ? point de complot, et de machine infernale, j'espère.

SAVARY.—Sire, rien de tout cela, tout est tranquille à Paris, tout le monde est content.

L'EMPEREUR.—Néanmoins, vous devez savoir quelque chose.

SAVARY.—Je sais bien des cancans qui ne sont pas dangereux à l'Etat, mais qui peuvent étonner Votre Majesté et exciter même son hilarité. (*Ici Savary jette les yeux sur les deux aides-de-camp*).

L'EMPEREUR (*en se tournant vers eux*).—Messieurs les aides-de-camp, ce qui se dit ici ne se répète pas. (*Les aides-de-camp s'inclicent en signe d'obéissance*). Continuez Savary,

SAVARY.—C'est justement des aides-de-camp qu'il s'agit principalement. Le colonel Korvin, l'aide-de camp favori de Votre Majesté, fait de grandes extravagances, qui sont l'objet de maintes remarques.

L'EMPEREUR.—Qu'est-ce qu'il fait ?

SAVARY.—D'abord il a fait peindre et litographier cinq portraits de femmes de beauté différente, puis les a fait distribuer parmi ses lanciers pour leur faciliter des connaissances de Parisiennes qui leur ressemblent plus ou moins, et dont la conduite est exemplaire. Cet appel l'a mis en contact avec plusieurs jolies femmes auprès des quelles il fait l'aimable, et lesquelles il invite avec leurs maris, leurs parents et leurs amis à des dîners à des soirées, où il n'admet de son côté que ses favoris parmi les Polonais et le général Denouette son intime ami. A ces fêtes bien des choses drôles se passent.

L'EMPEREUR. — Qu'est-ce que vous entendez par des choses drôles ?

SAVARY.—D'abord comme il sait manier sa langue comme un moulin, il leur conte des anecdotes qui ressemblent à des romans des Arabes du désert. Comme il est fort bel homme et comme il a incontestablement des manières engageantes, on l'écoute avec la bouche béante. Sa prédilection pour les petits pieds n'est pas un secret. Il invite parfois à ses soirées de la rue Lepelletier, ainsi qu'à Chantilly, des femmes qui meurent d'envie de bien apprendre des officiers de son régiment les danses polonaises, et qui arrivent souvent en brodequins sans bas, à l'antique, pour mieux déployer la beauté de leurs pieds, dans le but d'attirer ses regards et gagner indirectement sa bienveillance. A ces soirées, où on sert les mets les plus exquis, les vins les plus délicieux, il y a un luxe oriental. Pour donner une idée de ses dépenses à Votre Majesté, il suffit de dire, qu'il vient de payer à son marchand de vin 150,000 francs et doit encore beaucoup d'argent aux modistes, aux tailleurs et aux usuriers, qui commencent à être un peu circonspects.

L'EMPEREUR.—Est-ce qu'il n'y a pas des outrages aux mœurs à ses soirées ?

SAVARY.—Au contraire, c'est une école de politesse où les femmes sont traitées avec beaucoup d'égards. Par ci par là, quand elles s'en vont, et quand les hommes échauffés par le vin restent seuls, il y a de bons mots de corps-de-garde, mais pas autre chose.

L'EMPEREUR.—S'il en est ainsi, ses dettes sont les miennes, et dites à Duroc de les payer demain toutes. De pareilles fêtes popularisent mon gouvernement et enrichissent les marchands de Paris. Je connais le comte Korvin ; c'est une mauvaise tête, mais je l'aime, et il m'est dévoué corps et âme. Je ne suis pas du tout surpris qu'il soit le favori des femmes, quand il me fascine, *moi ;* mais ce n'est pas encore tout, il y a encore *et puis.*

SAVARY.—Votre Majesté a parfaitement raison, ce n'est pas encore tout à son égard, il y a des *puis* et des *puis* fort singuliers. Il aime parfois à boire le vin de Champagne dans les souliers des jolies femmes, et pas plus longtemps qu'avant hier, le général Denouette, qui vint lui rendre visite à Chantilly, l'a vu boire la santé de la reine Hortense et de Madame Denouette dans un petit soulier, et puis il l'a sommé bravement d'en faire de même s'il aime Votre Majesté. A cet appel le brave et loyal général vida le soulier de tout le vin d'un trait, à une seule condition.

L'EMPEREUR.—Laquelle ?

SAVARY.—A condition de ne pas dire cela à sa femme, qui se moquerait de lui.

L'EMPEREUR (*en riant.*)—Il est comme Murat, il n'a peur ni du fer, ni du plomb, mais il a peur de sa femme, qui est horriblement jalouse de lui ; maintenant dites moi franchement le reste des *puis* à l'égard du colonel comte Korvin ; j'aime à savoir tout, attendu que de petites choses donnent souvent une idée du caractère de l'homme, et que les anecdotes basées sur la vérité m'amusent.

SAVARY.—Certainement, quelques-unes d'elles sont amusantes et curieuses. Samedi dernier, le colonel dont nous parlons, après avoir fait un discours éloquent sur les vertus de la Reine Hortense, et sur quelques toasts dans de petits souliers se rendit, déjà *en bonne humeur* au bord de l'eau, jeta déjà, pour la seconde fois, quelques poignées de Napoléons dans la Seine, au grand étonnement de tout le monde.

L'EMPERERR.—Morbleu, Savary, vous me faites des contes bleus, le comte n'a pas perdu sa raison, quel serait donc le but de faire de pareilles bêtises.

SAVARY.—Je n'oserais pas tromper Votre Majesté, je ne puis aussi connaître la cause ni le but de l'extravagance du comte ; je rapporte seulement le fait tel qu'il s'est passé.

L'EMPEREUR.—Je voudrais voir cela de mes propres yeux. Faites le bien épier, et sitôt que vous saurez que chose pareille doit encore arriver, prenez vos mesures en conséquence.

SAVARY.—Je ne manquerai pas d'exécuter scrupuleusement les ordres de Votre Majesté.

L'EMPEREUR.—En attendant dites-moi aussi tout ce que vous savez à l'égard du petit soulier.

SAVARY.—La bonté de la reine Hortense est trop bien connue pour la mentionner, entre autres choses elle possède un vrai talent de se faire aimer par tous ceux qui l'approchent. Lutia, une Italienne de Turin, est attachée à sa maîtresse comme un chien, et peut être considérée comme sa favorite. La reine de Hollande ne danse qu'une seul fois dans les mêmes souliers, et puis les donne à ses servantes. Sa Majesté est aussi fort particulière à l'égard des souliers ; il y a un vieux cordonnier qui les fait selon son goût et c'est presque toujours Lutia qui est chargée de ces affaires. Comme son illustre maîtresse et la grande généralité des femmes, Lutia, admire le bel uniforme des lanciers polonais.

L'EMPEREUR.—Ce sont des diables pour l'ennemi et les femmes.

SAVARY.—Comme le cordonnier de la Reine demeure près des casernes des lanciers polonais, Lutia qui le voit souvent, rencontre parfois les lanciers, et il paraît qu'elle épie un beau sergent avec quelque plaisir. Comme il faudrait avoir le talent des douze apôtres qui parlaient toutes les langues, pour comprendre le polonais, et comme il n'y a que les officiers qui parlent français ; Lutia connaissant les goûts drôles du colonel polonais, fit peut-être tomber à dessein le soulier pour le réclamer, avoir une entrevue avec le comte, s'insinuer dans ses bonnes grâces, et faciliter par l'entremise de ce dernier sa connaissance avec l'objet de ses flammes. Le sergent, qui ramassa le soulier, l'examina attentivement et le porta à son colonel. Le reste est connu déjà.

L'EMPEREUR.—Qu'a fait Lutia après ?

SAVARY.—Elle se rendit chez les diseuses de bonne aventure ssns omettre probablement de voir Mademoiselle Lenormand. Toutes ces femmes sont d'habiles physionomistes et savent bien des choses, mais on ne sait pas encore ce qu'elles ont prédit à Lutia après avoir tiré les cartes.

L'EMPEREUR.—Cette Mademoiselle Lenormand est une énigme pour moi. On la dit royaliste. Faites la bien épier par la police avec toutes les femmes de ce genre.

SAVARY.—J'ai prévu à cet égard les intentions de Votre Majesté, mais il paraît que ni Mademoiselle Lenormand, ni aucune femme de ce genre, ne se mêlent de la politique, et semblent vouloir augmenter le poids de leurs bourses par la crédulité volontaire des gens ignorants et superstitieux.

L'EMPEREUR.—Êtes-vous sûr que Lutia, après la visite aux diseuses de bonne aventure, se rendit chez le comte Korvin ?

SAVARY.—Oui, Sire, j'en suis sûr.

L'EMPEREUR.—Comment l'a-t-il reçue.

SAVARY.—A bras ouverts, il la combla de politesses et de bontés, présanta le trouveur du soulier à Lutia, lui fit donner mille francs en sa présence, et se doutant du but de la visite de la jolie femme de chambre, favorise indirectement ses intentions. Le caporal de son côté est très fier de faire la connaissance d'une fille qui le met en contact avec les domestiques des deux cours, lui offre souvent le bras en pinçant sa moustache, mais comment cela finira, et comment ils conversent ensemble, c'est leur secret.

L'EMPEREUR.—Comme les femmes savent arriver adroitement à leur but ! Eh bien, Savary, vous m'avez mis en bonne humeur, faites-moi toujours savoir des nouvelles piquantes concernant les personnages importants, venez me voir demain comme à l'ordinaire, et n'oubliez pas mes intructions à l'égard du comte Korvin.

SAVARY.—Je n'y manquerai pas. (*Il sort*).

SCÈNE V.—*Le théâtre représente une salle de bal, à Paris, ehez le général Lefevre Denouette, quelques officiers du régiment des lunciers polonais de la garde, dansent la Mazurka. Les femmes sont habillées à l'antique en brodequin, sans bas ; la musique fait entendre ses joyeux accords. On voit plusieurs personnages distingués. Napoléon paraît soudainement* (*sensation.*)

L'EMPERUUR.—Et bien Lefèvre-Denouette, sans vous avoir donné beaucoup d'espoir d'accepter votre invitation, je viens néanmoins, et j'aurai beaucoup de choses à discuter avec vous.

DENOUETTE (*en s'inclinant-*)—La grâce et l'honneur que vous me faites, Sire, ne peuvent qu'ajouter un nouvel anneau à la chaîne des bienfaits dont Votre Majesté m'a toujours comblé, et augmenter mon dévouement et ma reconnaissance.

L'EMPEREUR.—Vous commencez à parler *à la Korvin*, où est votre femme ?

DENOUETTE.—Elle danse justement avec le comte Korvin dans la salle voisine, où se trouvent aussi Leurs Majestés le Roi et la Reine de Hollande, je vais leur faire savoir l'arrivée de Votre Majesté.

L'EMPEREUR (*en lui prenant la main.*)—Laissez les tranquilles pour le moment, j'aime à paraître à l'improviste, en attendant, dites moi comment avez vous trouvé le vin du soulier.

DENOUETTE.—Il paraît que Votre Majesté sait toute notre aventure à l'égard du soulier.

L'EMPEREUR.—Parbleu ! je sais cela, cela m'amuse beaucoup. J'ai trouvé votre côté faible, et en bon général je l'attaquerai vigoureusement. (*Les danseurs reviennent de l'autre salon et s'inclinent à la vue de l'Empereur. L'Empereur à haute voix*) : Louis, Hortense, Madame Denouette, colonel Korvin, venez ici, j'ai quelque chose à vous dire. (*Ils arrivent ; l'Empereur en se tournant vers Denouette*) : Voilà un de mes aides-de-camps, un de mes généraux, qui est un poltron. (*Mme Denouette rougit de colère. Sensation*).

DENOUETTE.—Sire, je n'ai jamais tourné le dos à l'ennemi.

L'EMPEREUR.—Personne ne conteste cela ; vous n'avez peur ni du fer ni du plomb nulle part ; mais vous avez peur de votre femme ici présente. (*On rit*).

MADAME DENOUETTE *adoucie.*—Comment cela, Sire ?

L'EMPEREUR (*en riant*).—Vous ne savez pas l'histoire du soulier, je vais vous la conter. Lutia, la servante favorite de Hortense, fut si étourdie en regardant les lanciers polonais, qu'elle perdit un des souliers de sa maîtresse ; un moustachier sarmate le ramassa et le porta à son colonel. Comme le noble comte Korvin aime des petits pieds, il fut l'objet de son admiration et remporta une victoire complète sur d'autres souliers. Ledit comte polonais ayant appris qu'une fois ce cher petit soulier avait déjà chaussé le pied de la reine, y versa du vin et but avec ses officiers la santé de Leurs Majestés Hollandaises (*sensation*). Lefèvre-Denouette arrive au moment du toast; le comte Korvin le somme, s'il m'aime, *moi*, d'imiter son exemple, en ajoutant la santé de Mme Denouette dans le soulier.

Mme DENOUETTE.—Comment, Sire, mon mari a bu du vin dans un soulier?

L'EMPEREUR.—Oui, Madame, il a bu un pareil toast à condition de ne pas vous le dire, car vous vous moquerez de lui, par conséquent je suis charmé de vous convaincre qu'il est poltron; il a peur de vous. (*On rit. On attend une joyeuse musique.*)

KORVIN.—Sire, permettez-moi de faire observer à Votre Majesté, que boire du vin dans le soulier d'une dame, est la plus grande marque de déférence qu'on puisse lui montrer d'après nos coutumes polonaises. Il y eut même des cas où des têtes couronnées ont daigné l'imiter.

L'EMPEREUR.—Ma foi, je ne leur envie pas cet honneur; quelle drôle de coutume. Vous êtes braves, galants et prodigues, très prodigues par nature, vous autres Polonais, et certes vous ne faites pas une exception à cette règle; mais il y a encore quelque chose de rude, de turbulent et du beau sauvage chez vous, n'est-ce pas, colonel Korvin?

KORVIN.—Je me sens tellement inférieur sous tous les rapports à vous, Sire, que je n'ose contester aucune opinion qui émane de Votre Majesté.

L'EMPEREUR.—Vous êtes courtisan par nature, et vous plairiez au grand Turc comme à tout autre souverain. Vous êtes un bon casse-cou après avoir bu une rasade le matin en vrai troupier.

KORVIN.—Mais toujours un fidèle sujet prêt à sacrifier la dernière goutte de son sang pour les intérêts de la gloire de Votre Majesté.

L'EMPEREUR (*à Mme Denoutte d'un ton sévère, en regardant les pieds des dames*).—Que vois-je, toutes les dames sans bas, ni souliers et chaussées en brodequins pieds nus à l'antique; nous sommes ici en France et pas en Egypte, et notre climat n'admet pas des copies égyptiennes à nos bals et soirées, où les convenances de la société doivent être scrupuleusement observées.

Mme DENOUTTE (*d'un ton soumis en s'inclinant*).—Sire je n'ai pas de raison de faire la moindre chose qui pourrait déplaire à Votre Majesté, et comme je sais maintenant à quoi m'en tenir, cela ne m'arrivera plus.

L'EMPEREUR (*d'un ton radouci*).—J'espère que cela sera pour la dernière fois, du moins en ma présence, (*en se tournant vers son frère Louis*). Avez-vous vu chose pareille ? Voyez votre femme Hortense, elle a eu le bon esprit de s'habiller convenablement.

LE ROI DE HOLLANDE.—Je ne me mêle pas de la toilette des dames au bal.

L'EMPEREUR (*en se tournant vers le général Denouette et le colonel comte Korvin*).—Vous êtes deux inséparables, tous les deux mes aides-de-camp, c'est un goût de hussard et de lancier; cela doit vous plaire, mais qui a donné cette idée, dites-moi, général Denouette ?

Mme DENOUETTE.—Moi, Sire, indirectement et par accident.

L'EMPEREUR (*d'un ton radouci à moitié riant*).—Eh bien, brisons là-dessus. (*Un officier d'ordonnance arrive essoufflé et est conduit à l'Empereur*).

L'OFFICIER.—Sire, des dépêches importantes viennent d'arriver. Plairait-il à Votre Majesté de les lire ici ou ailleurs ?

L'EMPEREUR.—Donnez-les-moi et attendez ma décision. (*Il lit; après une pause*): Allez chez Duroc et dites-lui de ma part de faire convoquer un conseil des ministres demain à dix heures aux Tuileries. (*L'officier d'ordonnance sort.*)

Mme DENOUETTE (*en fixant l'Empereur pour deviner le contenu des dépêches*).—Quoi, Sire ?

L'EMPEREUR.—Comme les femmes sont curieuses! Depuis le commencement du monde jusqu'à nos jours c'est la même chose, n'est-ce pas, Denouette ?

DENOUETTE.—Une femme est toujours une femme. Comme nous sommes néanmoins obligés de vivre avec elles, il faut les prendre telles qu'elles sont, sans l'espoir de changer leur nature.

KORVIN (*à l'Empereur, avec un profond salut*).—La question de Mme Denouette adressée timidement à Votre Majesté, à l'égard des dépêches, me paraît plutôt un signe de dévouement et d'intérêt que Votre Majesté a le talent d'inspirer à tous ceux qui ont le bonheur de l'approcher, que le désir de satisfaire une simple curiosité.

L'EMPEREUR.—Voilà le lancier courtisan, allez danser une contredanse avec la Reine de Hollande, et dites de ma part à son époux, de venir me voir à midi demain, après le conseil des ministres.

KORVIN.—Je vais, Sire, exécuter vos ordres.

L'EMPEREUR.—Au revoir, Lefèvre-Denouette, et vous, Madame Lefèvre, je me suis très bien amusé à votre bal, et quoiqu'il y ait eu une petite escarmouche entre nous à l'égard des pieds nus, vous n'en êtes pas moins au nombre de mes meilleurs amis.

ACTE II.

SCÈNE I.—*Les appartements de la Reine de Hollande, Lutia, sa femme de chambre. Une table couverte pour le déjeûner.*

LA REINE HORTENSE (*à Lutia.*)—Faites-moi donner quelque chose de nourissant, une tasse de chocolat; j'ai dansé toute la nuit au bal de Madame Lefevre ; j'ai dormi longtemps, et j'ai faim comme un loup au mois de février.

LUTIA.—Il paraît que Votre Majesté s'est bien amusée.

LA REINE.—Admirablement, quoiqu'il y ait eu une petite brouille avec l'Empereur.

LUTIA.—Puis-je me permettre de demander à Votre Majesté ce qui a pu indisposer l'Empereur au bal d'hier?

LA REINE.—L'Empereur a été scandalisé un peu des brodequins. La plupart des dames étaient chaussées à l'antique, pieds nus, excepté moi; comme rien n'échappe à ses yeux, il gronda, à cet égard, un peu Madame Denouette, qui s'avoua coupable, et puis, reprenant sa gaieté, il lui demanda même une espèce de pardon pour avoir brouillé l'harmonie du bal, il est si bon au fond du cœur ; il s'est pris même à mon mari, mais Louis para admirablement l'attaque.

LUTIA.—Le costume d'hier allait admirablement à Votre Majesté.

LA REINE.—Vraiment !

LUTIA.—Oui, admirablement, attendu que les pieds de Votre Majesté sont si petits, si blancs, si bien tournés, que leur vue, même voilée, ne peut qu'enthousiasmer tout le monde et blesser la vanité de beaucoup de dames, moins favorisées sous tant de rapports par la nature que Votre Majesté.

LA REINE.—Si l'empereur, le génie de son siècle, le conquérant de tant de nations, est coquet à l'égard de la beauté de ses mains, et ne cesse jamais de les montrer à toutes occasions ; pourquoi quelques femmes ne mériteraient-elles pas un peu d'indulgence pour laisser voir leurs pieds qu'on trouve jolis ?

LUTIA.—Votre Majesté a parfaitement raison, ils sont partout admirés, mais personne ne leur rend plus de justice que le colonel comte Korvin, qui a dit une fois : " Que ne donnerais-je pour voir la reine de Hollande chaussée à l'antique ! "

LA REINE.—Eh bien ! il n'aura pas ce bonheur ; c'est un des grands favoris de l'Empereur, il est connu par ses extravagances qui excitent parfois l'hilarité de Sa Majesté et la jalousie de Duroc ; mais c'est un brave soldat d'illustre naissance et un homme charmant dans la société. Mon mari, qui l'aime beaucoup, m'a dit qu'il jette parfois des poignées de napoléons dans la Seine. Est-ce que c'est vrai ?

LUTIA.—J'en ai entendu parler, mais je doute de cela. On dit tant de fables sur son compte.

LA REINE.—Comment vont vos amours avec le lancier ?

LUTIA.—Puisque Votre Majesté elle-même daigne me faire une question là-dessus, j'avoue que je l'aime.

LA REINE.—Comment s'appelle-t-il ?

LUTIA.—Bosqui (*en appuyant sur la première syllabe et en prononçant faiblement la seconde*).

LA REINE.—Comment il a une bosse.

LUTIA.—Non il n'a pas de bosse il est aussi droit qu'une demoiselle de pension, mais il s'appelle Boski (*en prononçant bien le nom*).

LA REINE.—Tous les Polonais sont des *qui*, mais comment parlez-vous ensemble, quand vous ne savez pas un mot de polonais, et il ne parle pas français.

LUTIA.—Nous nous comprenons un peu, il commence à faire des progrès dans la langue.

LA REINE.—Vous aime-t-il ?

LUTIA.—Il est fort galant, m'oblige par des petits soins, paraît fier de ma connaissance et n'est pas insensible à mon attachement. Le colonel Korvin l'aime beaucoup.

LA REINE.—Eh bien Lutia, je vous veux du bien, je suis raisonnable, je sais que chaque femme arrivée à un certain âge a besoin d'un mari, je favoriserai ce mariage.

LUTIA (*en voulant se jeter à ses pieds, la reine la retient et lui donne sa main à baiser*).—Ah ! que je suis heureuse !

LA REINE.—Attendez, ma chère, un peu encore ; comme votre main tremble, ne me poignez pas si fort. Vous êtes folle comme toutes les amoureuses. Est-ce vrai que vous avez vu Mademoiselle Lenormand ?

LUTIA.—Oui, je l'ai vue.

LA REINE.—Quelle espèce de femme est-elle ? Qu'est-ce qu'elle vous a prédit ?

LUTIA.—Elle est petite, grosse, drôle. Elle m'a prédit qu'un soulier ferait mon bonheur.

LA REINE.—Cette fois-ci elle a raison, je l'espère.

LUTIA.—Sans le soulier de Votre Majesté que j'ai perdu et retrouvé, je n'aurais jamais fait la connaissance de mon prétendu.

LA REINE.—Souvent de bien petites choses influent sur notre destinée. (*Elle se retire*).

SCÈNE II.—*On voit un conseil des ministres dans les appartements de l'Empereur aux Tuileries.*

L'EMPEREUR (*aux ministres*).—J'ai déjà parcouru la dépêche extraordinaire dont le Czar a bien voulu m'honorer ; quoique je sache à quoi m'en tenir à l'égard de ses ouvertures, j'aime à examiner à fond avec vous, Messieurs, encore un sujet si important, avant de lui envoyer ma réponse décisive. (*En se tournant vers le ministre des affaires étrangères.*) Dites-moi en peu de mots, Monsieur le ministre, les conditions de l'entente cordiale qu'il me propose.

LE MINISTRE DES AFFAIRES ÉTRANGÈRES. — Sire, l'Empereur Alexandre paraît avoir l'idée de briguer visiblement l'amitié de Votre Majesté et notre alliance. Il vous laisse l'arbitre des destinées de toute l'Allemagne, de la Hollande, de l'Espagne, du

Portugal, de toute l'Italie; il promet l'intégrité de la Suède et même il consent à bloquer les ports de l'Angleterre.

L'EMPEREUR (*visiblement irrité*).—A quelle condition me promet-il ces monts et merveilles ?

LE MINISTRE.—A condition que Votre Majesté lui permette de s'emparer de Constantinople, de démembrer la Turquie et de ne jamais rétablir la Pologne dans ses anciennes limites.

L'EMPEREUR (*partant d'un éclat de rire ironique*).—Quelle générosité, quel désintéressement. J'aimerais mieux m'allier avec l'Angleterre contre lui que d'accepter de pareilles propositions, car dans le cas où il serait sûr de la Pologne et s'emparerait des Dardanelles, les royaumes scandinaves, la Prusse, seraient ses vassaux, l'Autriche serait incorporée tôt ou tard dans l'empire russe, la Russie inattaquable presque de tous les côtés, s'emparerait exclusivement des principaux débouchés du commerce de l'Asie et de l'Europe à la fois, les côtes de l'Italie, de la France et de l'Espagne seraient exposées à ses attaques, elle éteinderait par son horrible système la liberté et la civilisation, et replongerait pour plusieurs siècles le monde dans la fange de la barbarie et les ténèbres du despotisme. *Jamais!* Je sacrifierais plutôt le dernier soldat et le dernier franc de mon empire que de permettre impunément à la Russie de forger des chaînes pour l'Europe entière. (*Sensation*). Qu'en dites-vous, Messieurs ?

LES MINISTRES (*en s'inclinant*).—Nous approuvons complètement l'opinion de Votre Majesté.

FOUCHÉ (*le ministre de la police secrète*).—Permettez-moi de vous faire observer, Sire, qu'il n'y aurait pas de malheur pour la France si la Turquie déjà affaiblie était démembrée, on pourrait s'entendre à cet égard avec la Russie.

L'EMPEREUR (*vexé*).—Combien de mille de roubles en argent et combien de précieuses fourrures pour vos maîtresses l'empereur Alexandre vous a-t-il promis pour propager de pareilles idées ?

FOUCHÉ.—Sire !

L'EMPEREUR.—Taisez-vous, faites la police, calomniez habilement des hommes innocents qui me sont dévoués, augmentez votre poche par les maisons de jeu ; connivez aux désordres des richards ; correspondez par vos agents à l'étranger, à mon avantage du moins ; mais ne touchez pas les hautes régions de la politique, qui sont trop élevées, trop désintéressées et trop nobles pour vous. Tant que la Turquie existe, il y a un tout, une espèce de stabilité en Orient ; c'est un pays qui se civilise peu à peu et, au lieu de menacer, garde l'Europe jusqu'à un certain point ; mais, dans le cas contraire, la Russie interviendrait avec ses armées et engendrerait des guerres interminables. Je suivrai désormais envers la Turquie la politique traditionnelle de la France, qui lui fut toujours favorable, et je désirerais que mes successeurs cimentassent encore plus fortement l'ancienne amitié qui a presque toujours existé entre les deux pays. Je crois que l'Angleterre même ne sera pas d'une opinion différente avec moi concernant la Turquie. (*En se tournant vers le ministre des affaires étrangères*) : Faites prévenir Sébastiani, notre ambassadeur en Turquie, qu'il doit combattre hardiment les intrigues russes à Constantinople et fortifier la ville avec le plus grand soin, avec tout l'art possible, afin qu'elle soit toujours en état de repousser une armée attaquante.

LE MINISTRE.—Je ne manquerai pas Sire d'exécuter les ordres de Votre Majesté, mais que dois-je répondre à l'égard de la Pologne ?

L'EMPEREUR.—C'est une autre question, elle se lie il est vrai à la question turque, mais elle est beaucoup plus compliquée ; il y a un million d'hommes armés contre la Pologne ; si néanmoins l'Autriche voulait comprendre bien ses intérêts, elle serait la première à donner la main aux Polonais.

LE MINISTRE.—Permettez-moi Sire de vous faire observer, que si on voulait protéger à fond une insurrection polonaise, non-seulement on n'aurait pas à combattre un million d'hommes, mais encore deux ou trois cent mille hommes nous aideraient à combattre la Russie.

L'EMPEREUR.—C'est vrai, j'avoue même qu'on ne peut affaiblir la Russie autrement que par la destruction complète de ses flottes et le rétablissement du royaume de Pologne, avec une dynastie héréditaire, étrangère aux brouilles domestiques de ce pays. La Russie combat encore plus efficacement la Pologne par le bonnet rouge que par ses armées, et trouvera toujours des dupes, qui donneront tête baissée dans le piège, mais depuis l'admirable Constitution du trois mai, approuvée par la grande majorité de la nation polonaise, on sait à quoi s'en tenir à cet égard.

J'aimerais beaucoup un vaillant prince scandinave sur le trône de Pologne. Répondez monsieur le ministre à l'empereur Alexandre, que je ne signerai jamais aucun traité hostile aux intérêts de la Pologne, dont la résurrection dépend des circonstances et de la conduite des Polonais eux-mêmes. En attendant au revoir.

SCÈNE III.—*On voit dans un faubourg de Paris devant une petite maisonnette aux bords de la Seine une table avec des bouteilles et des verres, près de laquelle se tient debout le sergent des lanciers polonais Boski, l'amant de Lutia, décoré de la croix des braves. Le colonel comte Korvin (déjà en bonne humeur), avec ses officiers Bartochowski, Gnatowski et Koch. Il est suivi par une bourgeoise de Paris qui les observe.*

KORVIN (*à Boski*).—Il y a-t-il du vin de Champagne rouge et blanc, et des napoléons ?

BOSKI.—Oui colenel, tout est prêt.

KORVIN.—Remplissez donc les verres. (*Il prend un verre, ses amis font de même tous, les entrechoquent ensemble, puis il dit :*) " Vive l'Empereur." (*Tout le monde l'imite en criant hurrah.*) Ce n'est pas encore tout. (*En se tournant vers le sergent Boski.*) Avez-vous le soulier ?

BOSKI.—Oui, certainement colonel, le voilà, mais j'ai eu quelqne peine à l'avoir cette fois-ci.

KORVIN.—Mes camarades et mes amis, avez-vous jamais vu un plus joli pied que celui qui peut entrer dans ce soulier ?

TOUS ENSEMBLE.—Jamais.

KORVIN.—Savez-vous à qui il appartient ?

TOUS ENSEMBLE.—Pas précisément.

KORVIN.—Eh bien ! je vais vous le dire : ce soulier appartient à la reine Hortense, la plus aimable, la plus vertueuse et la meilleure de toutes les femmes que je connaisse. Messieurs, chapeau bas. (*Ils se découvrent.*) Celui qui aime l'Empereur, celui qui m'aime saluera à genoux, comme moi. ce soulier, par un baiser. (*Il se met à genoux et donne un baiser au soulier, tout le monde l'imite.*) Messieurs, je sens que je suis un peu gris aujourd'hui.

BARTO (*de côté*).—Cela ce voit clairement-

KORVIN.—Et puis nous boirons des toastes de différentes manières et en vrais lanciers. Vous ne savez pas peut-être qu'en dépit de Duroc, l'Empereur vient de payer toutes mes dettes à

Paris. Vive l'Empereur, trois fois vive l'Empereur, mille fois vive l'Empereur, vive la Reine Hortense et son royal époux, mille fois vive la Reine Hortense, je voudrais être son soulier pour sentir son pied mignon. Comme l'Empereur n'a pas d'enfants, puisse les descendants de cette Reine adorée, gouverner un jour la France avec autant de gloire et de sagesse, qu'elle est gouvernee maintenant. (*En se tournant vers ses officiers.*) Quel âge avait Jésus-Christ quand il quitta la terre et monta au ciel ?

KOCH.—Trente-trois ans.

KORVIN.—Trente-trois napoléons à la Seine. (*Il jetta les pièces dans l'eau et crie, hourrah, hourrah, avec d'autres, il se prépare à répéter la même farce, quand la femme qui l'observait s'attache soudainement à son bras et dit :*) " Monsieur le comte, j'ai de la peine à en croire mes yeux, que faites-vous, avez vous perdu l'esprit, de jeter ainsi des poignées de bons napoléons dans la Seine ? Si vous ne voulez pas les retenir dans votre poche, donnez-les-moi, et ils me feront vivre avec mes enfants pendant six mois, ou donnez-les aux pauvres, mais ne les perdez pas ainsi. Oh ! si l'Empereur le savait."

SCÈNE IV.—(*L'Empereur accompagné de la Reine Hortense, des généraux Savary et Lefevre-Denouette arrive soudainement et lui prend la main.*) (*Sensation.*)

L'EMPEREUR.—Je vous y prends, mauvaise tête, commeut osez-vous faire de pareilles extravagances en buvant ma santé ?

KORVIN.—Toutes les nations du globe chantent la gloire de Votre Majesté, et le monde admire tour à tour, vos victoiree, votre sagesse, et les monuments de votre puissant génie, Sire, et quand la terre paraît être fière du nom de Votre Majesté, pourquoi donc les ondes des fleuves de la belle France, ne conserveraient-elles pas l'image chéri de *celui* qui est le plus grand homme des siècles modernes et passés...

L'EMPEREUR.—Bravo, colonel Korvin, on ne peut jamais décourager votre langue, elle se tirera toujours d'affaire. Je connais votre fidélité, et vous savez que je vous aime, mais il ne faut pas que ma faiblesse pour vous m'expose au ridicule ; donnez-moi votre parole d'honneur de ne jamais répéter de pareilles bêtises.

KORVIN.—Je vous la donne, Sire, car le désir de mériter l'approbation de Votre Majesté en toutes choses, m'est plus cher que la vie.

L'EMPEREUR. — Qui est cette femme ?

KORVIN. — C'est une couturière, une cousine de la maîtresse de la maison où je loge.

L'EMPEREUR. — Donnez-lui la quantité de napoléons que vous avez jetés dans la Seine, et qu'elle retourne à la maison.

KORVIN. — Permettez-moi de tripler la somme, Sire. (*Il lui donne cent napoléons. Elle se retire.*)

L'EMPEREUR (*en se tournant vers le sergent Boski, décoré de la croix de la Légion d'Honneur, qui maintient une attitude militaire respectueuse*). — Pour quelle affaire avez-vous reçu la croix ?

BOSKI. — Par Vagram, *Syr*. *)

KORVIN (*à l'Empereur*). — Il comprend à peine le français, cela doit être *pour Wagram*...

L'EMPEREUR. — Pardieu, je sais cela par sa prononciation, je ne suis pas fromage. Quant à Wagram, c'était une rude affaire. A Achpern, où l'infanterie autrichienne s'est très bien battue, et où j'ai rencontré une résistance à laquelle je ne m'attendais pas, nous avions pour quelque temps *le dessous*, et certainement si l'archiduc Charles n'avait pas eu trop de conseillers, si ses ordres avaient été fidèlement exécutés, et s'il avait eu d'aussi bons officiers que les miens, il y a eu quelques moments où, sans ma vieille garde, j'aurais pu perdre la bataille ; mais ces moments furent *très courts*, et je savais bien aussi à qui j'avais à faire.

KORVIN. — Votre Majesté croit donc l'Autriche une grande puissance ?

*) *Syr* signifie en polonais fromage, et la prononciation de ce dernier mot ressemble beaucoup au titre de *Sire*, qui ne s'emploie qu'en parlant aux têtes couronnées. Les soldats des lanciers polonais ayant entendu dire que fromage était le second titre de l'Empereur ne voulaient plus en manger par déférence pour lui. Comme cette affaire fut rapportée à l'Empereur et excita son hilarité, il se rendit une fois aux casernes des lanciers polonais à l'improviste et y demanda à l'officier de service du fromage. Après l'avoir goûté avec le maréchal Soult et l'avoir trouvé excellent, il donna l'ordre de fournir *gratis* pendant un mois une ration de fromage aux lanciers polonais. Depuis ce temps-là, les moustachiers sarmates ne se firent plus aucun scrupule d'offrir à Sa Majesté Impériale un asile impénétrable dans leurs estomacs à la grande satisfaction des marchands de comestibles de Paris. Ce fait fut plusieurs fois rapporté à l'auteur par un témoin oculaire.

L'EMPEREUR.—Les théoristes et les romanciers peuvent penser, dire et écrire tout ce qu'ils veulent sur la faiblesse de l'Autriche, mais moi, qui suis homme de pratique, qui juge les choses par des faits incontestables, et les examine toujours à fond, je suis d'une opinion tout à fait contraire. Trois fois je l'ai vaincue, et quand je l'ai crue désorganisée, trois fois, à mon grand étonnement, elle se releva avec de nouvelles armées, avec une surprenante facilité pour me combattre encore ; ce qui me paraît mystérieux *à moi*, peut paraître incroyable aux autres. Son armée se recrute plus facilement que celle des Russes. Les ressources de l'Autriche sont immenses, et son revenu peut être *triplé* par l'établissement de meilleurs voies de communication. (*En se tournant vers Boski :*) Pourquoi avez-vous reçu la croix ?

BOSKI.—*Syr*, deux canon *gryps*, officier trichien prison.

L'EMPEREUR.—Qu'est ce que c'est *gryps* ?

KORVIN.—Cela veut dire, Sire, qu'il a pris deux canons et a fait prisonnier un officier autrichien. Le mot *gryps* n'est pas même un mot purement polonais, mais il s'emploie parfois dans un style familier, et signifie se jeter soudainement sur quelque chose et s'en emparer.

L'EMPEREUR.—Sans dictionnaire il ne sera pas facile de converser avec vos lanciers, mais ils conversent avec leurs lances, voilà tout ce qu'il me faut.

LA REINE HORTENSE (*à Korvin, en regardant Boski*).—Est-ce la préférence de Lutia ?

KORVIN (*en s'inclinant*).—Oui, Madame.

LA REINE.—Nous sommes extrêmement sensibles mon mari et moi, aux bons sentiments que vous paraissez nous porter ; il admire comme moi, Monsieur le comte, le superbe uniforme et la valeur héroïque de vos lanciers.

KORVIN (*en s'inclinant jusqu'à terre*).—L'Empereur non content de m'honorer constamment de sa protection et de me combler sans cesse de nouveaux bienfaits, me donne encore l'occasion d'exprimer ma gratitude à Votre Majesté pour les paroles flatteuses qu'elle a bien voulu prononcer en faveur de mes lanciers, qui, fiers avec moi, de sa haute bienveillance, sont aussi prêts à sacrifier leur vie pour la gloire de l'idole de leurs cœurs, et pour tous ceux qui lui sont chers et auxquels la providence a destiné une couronne, comme une faible récompense à leurs charmes, à leurs qualités et à leurs vertus.

L'EMPEREUR (*à la reine Hortense*).—Si vous l'écoutez trop, cela ne finira jamais; c'est un des plus habiles flatteurs que je connaisse, il a toujours des sentences de Cicéron pour toutes les têtes couronnées, et plusieurs batteries de compliments à propos pour toutes les jolies femmes; mais soit courtisan ou soldat, comme il est non moins connu par sa brillante valeur que par son inviolable attachement pour moi, c'est un de mes enfants gâtés, auquel je passe bien des choses. Peut-être est-il aussi comme le bon Dieu en faveur des gros bataillons.

LA REINE (*à l'Empereur, en saluant le colonel Korvin*).—Je ne puis, Sire, que remercier le colonel Korvin pour ses compliments et son attachement pour Votre Majesté...

L'EMPEREUR (*de côté*).—Avez-vous votre présent pour lui?

LA REINE.—Oui, Sire, mon mari l'a dans sa poche.

L'EMPEREUR (*à la reine Hortense*).—Comme je suis toujours pour des résultats positifs sans delai, et comme, d'après la prédiction de Mademoiselle Lenormand, *un soulier* doit faire le bonheur de Lutia, faites-moi la grâce de la faire venir ici le plutôt possible. (*En se tournant vers l'officier d'ordonnance, pendant que la reine trace quelques mots sur le papier.*) Prenez une voiture, remettez ce billet de la reine de Hollande à sa femme de chambre Lutia, et retournez-moi vite avec elle. (*Il sort.*)

LE MINISTRE DES AFFAIRES ÉTRANGÈRES (*avec des dépêches*).—Conformément aux ordres de Votre Majesté de lui apporter les dépêches d'Angleterre sans perdre un instant, je viens.

L'EMPEREUR.—C'est bien, j'aime l'exactitude; en attendant, dites-moi en peu de mots leur contenu.

LE MINISTRE.—L'Angleterre semble faire des propositions amicales à Votre Majesté sous de certaines conditions.

L'EMPEREUR.—Messieurs et Mesdames, permettez-nous de discuter une affaire d'État pour un quart d'heure. (*En se tournant vers son frère:*) Louis, Savary, Lefèvre-Denouette, restez. (*La reine Hortense avec d'autres se retirent.*) Quant à vous, Monsieur le ministre, continuez.

LE MINISTRE.—L'Angleterre est à moitié décidée à faire cause commune avec la France presque en tout, mais s'opposera à outrance au blocus continental.

L'EMPEREUR.—C'est là où blesse le soulier, qu'en dites-vous, Monsieur le ministre ?

LE MINISTRE.—Puisque votre majesté m'encourage à dire tout ce que je pense, je crois que nous n'avons pas de raisons assez valables pour faire une guerre acharnée à l'Angleterre, attendu que ni l'Angleterre ne pourra jamais conquérir la France, ni la France subjuguer l'Angleterre.

L'EMPEREUR.—Comment, si trois cent mille hommes de mes vieilles troupes avec ma garde, débarqueraient une fois sur le sol anglais vous croyez que je ne serais pas capable, en proclamant la liberté au peuple britannique, de faire la loi à son aristocratie ?

LE MINISTRE.—D'abord le débarquement d'un si grand nombre de troupes en présence de la flotte anglaise est presque impossible, puis si même ces troupes par un hasard imprévu venaient à débarquer et faire des prodiges de valeur, on ne leur permettrait pas de choisir leur temps pour retourner, attendu qu'outre l'armée anglaise, et un million de volontaires toute l'Angleterre se levèrait immanquablement contre elles comme *un seul homme*, et considérant d'un côté la nature du terrain en Angleterre, où à chaque pas, il y a une digue, une haie, un torrent, un pont, un canal et maints obstacles capables d'arrêter pour quelques temps même une armée, et de l'autre, l'extrême ténacité du soldat anglais qui, en pareilles circonstances se ferait plutôt hacher en pièces que de tourner le dos au danger, je crois que non-seulement trois cent mille hommes mais aucune puissance humaine ne pourra *jamais conquérir l'Angleterre*, d'autant plus que l'Angleterre gouvernée par l'opinion publique, est un pays essentiellement libre avec d'énormes ressources, et son aristocratie est nationale et populaire. Le temps de Guillaume le Conquérant est passé.

L'EMPEREUR.—Voilà un discours inattendu pour moi ; mais ne pourrait-on tirer quelque avantage de la haine politique qui existe entre les Whigs et les Tories ?

LE MINISTRE.—Ne vous abusez pas Sire, sur tout cela ; ce sont purement de petites querelles de famille, qui disparaîtraient à l'approche de danger.

L'EMPEREUR.—Et la dette nationale ?

LE MINISTRE.—Cette dette est aussi une dette de famille, elle ne sort pas des limites du royaume, et si d'un côté elle augmente les taxes, elle prévient aussi de l'autre des révolutions, attendu qu'une foule de personnes de tout rang sont intéressées à maintenir l'ordre existant du pays.

L'EMPEREUR.—Et l'Écosse ?

LE MINISTRE.—L'Écosse se gouverne par ses propres lois, son union avec l'Angleterre est volontaire, et elle paraît être fort contente de son destin. Il n'y a plus de cause pour des troubles et des guerres civiles entre les deux pays. Le temps des Stuarts est passé et ne revendra plus.

L'EMPEREUR.—Et l'Irlande ?

LE MINISTRE.—Quant à l'Irlande c'est une autre affaire. Si le bill de l'émancipation des catholiques ne passe pas dans le parlement, il y aura toujours des dessentions contre l'Angleterre dans ce pays. La cause de ces dissentions me paraît mystérieuse, attendu qu'on ne peut l'attribuer toujours à la seule différence de religion. Les conquérants de l'Irlande ont légué aux présents hommes d'état de l'Angleterre la difficulté de bien gouverner la première, difficulté qui ne peut disparaître qu'avec le temps et graduellement. Outre les causes secondaires, (comme l'absence de ce pays des riches propriétaires qui dépensent leur revenu ailleurs et y laissent la direction de leurs affaires à des gens dont les intérêts ne s'accordent presque jamais avec les intérêts des fermiers de leur seigneurs et d'autres causes qu'il serait trop long de décrire) il y a encore deux autres causes qui ne contribuent pas peu à l'agitation perpétuelle de l'Irlande, savoir ; l'intolérance mutuelle des deux clergés, catholique et protestant, souvent envenimée par l'ignorance et la bigotterie, non moins que la différence de caractère qui existe depuis des siècles entre les races *anglo-saxonne et celtiqne* mises en contact dans ce pays et obligées de vivre ensemble. La première raisonne froidement, est persévérante en toutes choses, la seconde obéit par nature aveuglément à ses impulsions.

L'EMPEREUR.—Pourquoi les gens riches n'aiment-ils pas à vivre dans leur terres en Irlande ?

LE MINISTRE.—Parce qu'en demeurant en Irlande, surtout au Midi, on court le risque d'être tué comme un chien. Les meurtriers agricoles ne respectent personne.

L'EMPEREUR.—Ces meurtres sont horribles, et font honte à notre siècle ; que doit-on faire pour les prévenir ?

LE MINISTRE.—Engager par tous les moyens possibles le pape à lancer une bulle d'excommunication contre les assassins et la faire proclamer publiquement dans les églises par le clergé catholique, dans les intérêts même de la religion catholique. Celui qui mettra fin à ces meurtres sera le bienfaiteur de l'Irlande.

L'EMPEREUR.—Pourquoi l'Angleterre n'a-t-elle pas une espèce d'agent diplomatique à la cour de Rome ?

LE MINISTRE.—De petites jalousies de clique s'opposent à cette sage mesure.

L'EMPEREUR.—Croyez-vous qu'on pourrait insurger l'Irlande ?

LE MINISTRE.—Si elle n'était pas une île cela pourrait se faire peut-être temporairement.

L'EMPEREUR.—Pourquoi temporairement ?

LE MINISTRE.—Parce que cela appauvrirait à la longue l'Irlande dont les taxes sont insignifiantes en proportion de celles qu'on paye en Angleterre, qui consume les produits de l'Irlande énormément. Dans le cas où l'Irlande voudrait se gouverner elle-même, ces taxes seraient au moins triplées, tandis que la consommation de ces produits ainsi que les capitaux, au lieu d'augmenter, diminueraient fortement, et puis, l'Angleterre, avec ses énormes ressources, son activité commerciale et sa persévérance, ne consentirait jamais, en perdant l'Irlande, à devenir une puissance de troisième ordre, au lieu d'être ce qu'elle est, et sera toujours, une puissance de premier ordre.

L'EMPEREUR.—Vous m'impatientez, mais vous m'ouvrez les yeux sur bien des choses. Et le système du *blocus continental ?*

LE MINISTRE.—Quant au système du blocus continental, il pourrait certainement affaiblir l'Angleterre, mais comme pour la ruiner, il faudrait avoir outre une marine supérieure à la sienne toutes les nations encore *bonâ fide* en faveur de *ce blocus*, ce qui est hors de question : il serait peut-être mieux non moins pour les intérêts de Votre Majesté que pour ceux de la France à la longue, d'adopter une politique plus conciliante envers l'Angleterre et de s'unir même cordialement avec elle contre la Russie, qui menace chaque jour plus visiblement la civilisation et le repos de l'Europe entière.

L'EMPEREUR.—J'avoue, Monsieur le ministre, qu'il y a quelque chose de vrai en ce que vous dites. Nous nous sommes fait beaucoup de mal avec l'Angleterre mutuellement; peut-être il eût été mieux pour les deux pays d'adopter une politique plus amicale vis-à-vis l'un de l'autre. L'hostilité à l'Angleterre me fut en grande partie léguée par le torrent de la révolution française. Comme cette révolution renversait *tout*, elle n'aurait jamais pu se maintenir à la longue, semblable à une plante trop précoce, qui par sa nature ne pouvait pas atteindre sa maturité, car il n'y a que des changements graduels qui produisent l'effet désiré. Bien de choses irritent encore les deux pays; le temps calmera ces dissentions. Si tous les ambassadeurs anglais étaient des hommes aussi probes et aussi éclairés que lord Cornwallis, nous pourrions peut-être par des concessions raisonnables nous entendre avec l'Angleterre. J'approuve, Monsieur le ministre, votre opinion sur la Russie, et je ne nie pas les grandes qualités de la nation anglaise.

LE MINISTRE.—Comme toute querelle entre la France et l'Angleterre ne peut à la longue qu'être à l'avantage de la seule Russie qui suit depuis des siècles une politique isolée, égoïste, hostile à tout le monde, il ne dépenderait peut-être que de vous, Sire, de jeter un voile sur les anciennes rivalités de la France et de l'Angleterre et de cimenter à jamais une amitié basée sur les intérêts réciproques des deux plus grandes nations du monde entier et qui, semblables à deux anges bienfaisants en s'estimant et se respectant mutuellement, porteraient les paroles de paix et de bonheur aux pays opprimés, repousseraient la barbarie et le despotisme dans leur frimas, dirigeraient la civilisation du monde entier et prépareraient le bonheur de la race humaine.

L'EMPEREUR (*d'un ton badin et sérieux à la fois*).—Je vois monsieur le ministre que vous êtes en train d'éloquence, et je vais vous répondre franchement. Plus d'une fois j'ai eu l'intention de m'unir avec l'Angleterre, mais toutes les fois que j'ai fait des avances dans cette voie, les intrigues de la Russie unies à la morgue de la haute aristocratie anglaise, habilement dirigée par Pitt (qui me fut personnellement hostile), prévalurent, et de nouvelles coalitions contre moi s'en suivirent. Cette aristocratie ne peut me pardonner mon origine révolutionnaire et me croit un *démocrate incarné*, moi qui considère l'ultra-démocratie en pratique, une véritable absurdité moi qui mis un frein à l'anarchie, dangereuse pour la religion et tous les trônes. Mais souvent bien des hommes qui se haïssent sans se connaître, s'aimeraient s'ils se connaissaient et pouvaient s'entendre.

LE MINISTRE.—L'homme qui pourrait calmer l'irritation des esprits entre la France et l'Angleterre, l'homme qui établirait sur une base solide l'amitié entre ces deux puissantes nations, serait non-seulement le bienfaiteur de son pays, mais *celui* de la race humaine.

L'EMPEREUR.—Avec le temps d'autres circonstances peuvent arriver, et un pareil homme peut se trouver, mais tout porte à croire que cela n'arrivera pas de nos jours. Puisse un de mes successeurs qui aura probablement moins d'obstacles à surmonter à cet égard que moi, remplir dignement cette noble tâche, en attendant comme je connais votre habileté en matières politiques et comme j'ai une grande confiance dans votre loyale franchise dites moi que dois-je faire maintenant pour consolider mon gouvernement en France et à l'étranger.

LE MINISTRE.—Respecter plus le catholicisme avec le Pape, pour bien des raisons, non moins qu'à cause de leurs mystérieuses, influences, ménager l'Angleterre, *par tous les moyens possibles*, laisser tranquilles les dynasties d'Italie, d'Espagne et de Portugal, établir une entente cordiale entre la Suède et la Turquie, sans négliger la moindre occasion de rejeter la Russie vers ses frontières naturelles au-delà du Dniéper et de la Dwina, avec l'assentiment des autres puissances.

L'EMPEREUR (*d'un air pensif*).—Vous avez le talent de me faire adopter vos idées qui ne sont pas faciles à exécuter. Venez me voir demain, monsieur le ministre, nous causerons. Pour le moment, adieu. (*En se tournant vers Lefévre Dennuette*) : Faites prévenir la reine de Hollande avec le reste de la compagnie qne je suis à leurs ordres.

LA REINE.—Vous nous avez fait attendre, Sire, bien longtemps.

L'EMPEREUR.—Le rouage des mystères politiques de la France, qui est, pour ainsi dire, le cœur de l'Europe continentale, n'est pas facile à diriger. A propos de bottes, comment vont les amoureux ?

LA REINE.—Lutia et le lieutenant Koch viennent d'arriver. Elle fut alarmée d'abord un peu, mais à la vue de son lancier qui la salua militairement en pinçant sa moustache, à la vue du sourire amical et malin du comte Vincent Korvin, non moins qu'à la vue de mon pauvre soulier qui joue un si grand rôle aujourd'hui dans les affaires de ce monde, pressentant son bonheur, elle rougit comme une demoiselle de pension à la vue de sa première préférence, et, tremblante d'émotion, elle attend dans l'antichambre les ordres de Votre Majesté.

L'EMPEREUR.—Qu'elle vienne ici avec le capitaine Barto..., le lieutenant Koch et le sergent Boski. (*En se tournant vers Lutia*) : Eh bien ! ma mie du Piémont, vous aimez la reine de Hollande, n'est-ce pas ?

LUTIA.—Oui, Sire, c'est ma bienfaitrice.

L'EMPEREUR.—Votre cœur tremblant s'est néanmoins retranché *ici* sur les moustaches du lancier polonais Boski ; mais comme vos compatriotes sont d'excellents soldats, vous avez raison de chercher une forteresse dans les moustaches. Vous l'aimez donc ?

LUTIA (*d'un ton soumis avec des yeux baissés*).—Je l'aime, Sire.

L'EMPEREUR.—Sergent Boski *gryps*, voulez-vous *grypser* le cœur de Lutia, la servante de la reine de Hollande, et la prendre pour épouse ? (*En se tournant vers le colonel Korvin*) : Est-ce qu'il comprend ce que je dis ?

KORVIN.—Je crois que oui, Sire, néanmoins je lui demanderai. L'empereur vous demande si vous voulez épouser Lutia ?

BOSKI.—Je veux, grand *Syr*, elle est remplie de *crasse*. (*On rit, Lutia rougit*).

KORVIN.—Cela veut dire grâce, Sire.

L'EMPEREUR (*en riant*).—J'entends, j'entends.

KORVIN (*à Boski*).—Laissez tranquille votre français, je parlerai pour vous.

L'EMPEREUR (*à Korvin*).—Comme il s'agit de grâce, j'en ai une à vous demander.

KORVIN (*en s'inclinant profondément.*)—Tout ce qui m'appartient, sans en excepter ma vie, est à la disposition de Votre Majesté.

L'EMPEREUR.—Il ne s'agit pas de votre vie pour le moment, donnez seulement à Lutia le soulier de sa maîtresse en échange contre un présent de Leurs Majestés le Roi et la Reine de Hollande. Je sais que *Gryps* a su conquérir ce soulier, par ses moustaches, de Lutia, et vous l'a donné aujourd'hui pour boire les toasts. (*Lutia rougit.*)

KORVIN.—Volontiers, Sire, mais comme l'argent que Votre Majesté m'a fait donner m'a porté bonneur, et comme avec cent napoléons j'ai gagné cinquante mille francs, je le lui remets rempli d'or, d'autant plus qu'elle doit épouser un de mes lanciers.

L'EMPEREUR.—C'est une bonne idée, mais avant tout, il faut rendre présent pour présent. (*Ici l'Empereur fait un signe à la Reine Hortense et cette dernière à Lutia.*)

LUTIA (*en s'avançant vers Korvin.*)—Leurs Majestés le Roi et la Reine de Hollande ici présents, vous prient, Monsieur le comte, d'accepter de leur part une petite broche ornée de diamants, pour arranger vos moustaches, en vous conseillant de ne jamais les raser tant elles vous conviennent et embellissent votre air martial et distingué. Si vous voulez du bien à mon illustre maîtresse et son royal époux, si vous aimez l'Empereur, vous me permettrez aussi de vous les peigner maintenant.

KORVIN (*en s'inclinant*).—J'accepte le don avec reconnaissance, je ne l'oublierai jamais, et je voudrais prévenir les plus secrètes pensées de Leurs Majestés, non-seulement leurs ordres. (*Lutia peigne ses moustaches et lui donne la broche*).

L'EMPEREUR (*à Lutia*).—Ainsi donc, Mademoiselle Lenormand vous a dit qu'un soulier fera votre bonheur.

LUTIA.—Oui, Sire.

L'EMPEREUR.—Que sa prédiction s'accomplisse, comme le colonel Korvin a donné le premier l'idée du trousseau pour la future épouse, je mets dans le soulier un ordre de mille napoléons, Leurs Majestés le roi et la reine de Hollande en donnent trois cents outre d'autres présents, (*puis chacun augmente le don. En se tournant vers Lefèvre-Denouette*) : Faites appeler le curé de la paroisse (*Il sort*).

DENOUETTE (*en rentrant*).—Il va venir à l'instant.

L'EMPEREUR (*à Lefèvre-Denouette*).—Avez-vous vu les cérémonies du mariage pendant votre séjour en Angleterre ?

DENOUETTE.—Oui, Sire, je les ai vues deux fois, elles ne diffèrent pas beaucoup de celles des autres pays. On se marie de huit heures à midi, les nouveaux époux s'embrassent publiquement à l'église. Après le mariage il y a un déjeûner à la fourchette, chez les parents de la mariée, puis les époux passent le mois de miel en voyage.

En Écosse, quand deux jeunes gens après leurs 21 ans, s'appellent mutuellement époux en présence de deux témoins, qui ne furent pas flétris pas une condamnation infamante, le mariage est valable.

L'EMPEREUR.—Et chez vous, en Pologne, comte Korvin, comment se marie-t-on ?

KORVIN.—On se marie le soir avant minuit généralement parlant. Il y a des danses et des toastes. Après quoi, la mère de la mariée en présence d'autres dames la conduit elle même à la chambre nuptiale et la livre à son époux avec beaucoup de cérémonies, qui, varient un peu selon les différentes provinces de l'ancienne Pologne. On examine la conduite de la mariée, et on passe le mois de miel dans la maison de ses parents. Puis l'époux donne un somptueux banquet dans sa propre maison où les réjouissances durent parfois trois jours.

L'EMPEREUR.—Je trouve cela inconvenant et couteux. J'aime mieux à cet égard nos coutumes françaises. Le mari donne un bal dans sa maison et on laisse les nouveaux mariés vers minuit.

DENOUETTE.—Voilà le curé.

L'EMPEREUR.—Monsieur le curé, veuillez avoir la complaisance d'unir par le mariage, Lutia la femme de chambre de la reine de Hollande, et le sergent des lanciers polonais de ma garde, Boski *gryps* (je l'appellerai toujours comme cela), dans l'église de votre paroisse, le plus tôt possible. (*En se tournant vers le capitaine Barto.*) Comptez la somme dans le soulier, capitaine. Combien y a-t-il ?

BARTO.—Il y a Sire, 59,358 francs, outre trois pierreries. (*En se tournant encore vers le curé*) : Après le mariage remettez aux nouveaux époux le trousseau en présence des témoins, et voilà de ma part cent napoléons pour les pauvres de votre paroisse.

LE CURÉ.—Sire, vous êtes bien bon, je ne manquerai pas d'exécuter scrupuleusement les ordres de Votre Majesté (*il sort*).

LUTIA (*en se jetant aux genoux de l'empereur, pleure et puis embrasse les genoux de la reine Hortense et de son époux en sanglottant.*)

LA REINE (*en la relevant*). Pourquoi pleurez-vous, Lutia ?

LUTIA.—Le bonheur m'oppresse, je ne suis pas digne de tant de faveurs, je ne les oublierai jamais oh ! jamais. J'implore votre majesté de me permettre d'inviter mademoiselle le Normand à mes noces, et de permettre à mon futur de tuer quelque gibier pour elle. Elle aime beaucoup le gibier, et c'est à elle que je dois aussi un peu mon bonheur.

L'EMPEREUR.—J'aime un cœur reconnaissant (*en se tournant vers Duroc qui arrive*) : Envoyez cinquante napoléons de ma part à mademoiselle Lenormand avec une bonne quantité de gibier, et dites-lui qu'il me serait agréable qu'elle fût présente aux noces de Lutia. Quant à son moustachier, je lui donne en outre une place dans les écuries de mon frère Louis. Lutia ne quittera pas sa maîtresse et demeurera au palais de Leurs Majestés hollandaises. (*Lutia veut encore se jeter aux pieds de l'Empereur qui la retient*).

KORVIN.—Il faut avouer, Sire, que ce n'est pas en vain que Boski a un nom divin.

L'EMPEREUR.—Expliquez-moi cela.

KORVIN.—Peut-être Votre Majesté ne sait pas que le nom propre de Boski signifie en polonais divin.

L'EMPEREUR.—Qu'on lui donne cent napoléons de plus pour sa divinité (*en se tournant vers le lieutenant Koch*) : Je crois vous avoir vu à Wagram. N'est-ce pas vous qui au milieu du feu terrible, dans cette bataille, faisiez le singe pour divertir vos lanciers? N'est-ce pas vous qui, après avoir perdu un cheval qui vous a couvert de sang et de poussière, imitiez si bien encore les grimaces du singe, encore que tout ce qui vous entourait riait aux éclats, ce qui outre l'indemnité vous a procuré un cheval gratis.

KOCH.—Oui, Sire, c'est moi, et il faut avouer que la mémoire de Votre Majesté est bien extraordinaire.

L'EMPEREUR (*au sergent Boski en pinçant sa moustache*).—Eh bien! sergent Boski, divin *gryps*, êtes-vous content de votre destinée?

BOSKI (*en s'inclinant*).—Très beaucoup, grand *Syr*, jolie femme, argent, protection couronnée ensemble. (*On rit*).

L'EMPEREUR.—Qu'on fasse venir la maîtresse de maison. (*Elle arrive*).—Avez-vous quelque chose à me demander?

LA MAÎTRESSE DE MAISON.—Oui, Sire; j'ai un frère unique dans l'artillerie, il est à Lyon, il a fait plusieurs campagnes, il est décoré, mais il n'est que sergent.

L'EMPEREUR (*au général Denouette*).—Qu'on lui envoie aujourd'hui même un brevet de sous-lieutenant, avec cent napoléons de ma part et la permission de visiter Paris pour cinq semaines,

Comme sa sœur n'a rien demandé pour elle-même, donnez-lui aussi cinquante napoléons de ma part.

LA MAÎTRESSE DE MAISON.—Ah! Sire, vous êtes trop bon.

L'EMPEREUR (*à Koch*).—Montrez-nous ce que font les singes quand ils sont contents.

KOCH.—Je vais satisfaire à cet égard Votre Majesté. (*Il se met à quatre pattes et imite les mouvements, la voix et les grimaces du singe si bien, que tout le monde, sans en excepter Lutia qui pleurait de joie, rit aux éclats ; il l'imite une seconde fois, les rires redoublent ; il l'imite une troisième fois, les éclats de rire paraissent convulsifs*).

LA REINE.—Assez, assez, nous aurions des coliques, je n'ai jamais vu rien de pareil.

LE ROI DE HOLLANDE (*de côté*).—Deux chevaux pour Koch.

L'EMPEREUR.—Puissent tous les jours de mon règne m'offrir autant d'occasions de faire du bien qu'aujourd'hui. C'est la fête de ma chère Joséphine, les raisons d'Etat vu sa stérilité, m'ordonnent de me séparer d'elle, mais mon cœur lui sera toujours fidèle, je vais la voir. Quand je ne serai plus on se convaincra que je ne suis pas aussi mauvais que mes ennemis me représentent. Le vrai caractère de l'homme se montre encore plus dans la vie intime, que dans la vie publique.

Partant pour la Syrie.

LE JARDINIER, L'ODALISQUE ET LE SULTAN.

ACTE I.

SCÈNE I.—*Le théâtre représente François II, empereur d'Autriche, dans son palais à Vienne. On voit les bâtiments de la ville.*

L'EMPEREUR D'AUTRICHE (*au prince Metternich qui entre*).—Eh bien ! Metternich, quelle nouvelle ?

METTERNICH.—Rien d'extraordinaire, Sire, excepté l'arrivée d'un des aides-de-camp de l'empereur de Russie, du royaume de Pologne.

L'EMPEREUR.—Qui est-il ?

METTERNICH.—C'est un comte polonais appartenant à une des plus anciennes familles de l'Europe entière, c'est un général cassecoup, plutôt capable d'exécuter que de donner des ordres sur le champ de bataille, c'est un aristocrate populaire, non moins célèbre par sa bravoure, sa prodigalité, sa beauté, que par son éloquence, ses goûts bizarres, ses préjugés, ses succès auprès des femmes de tout rang. C'est quelque chose entre un satrape d'Orient, un troupier, un savant, un grand seigneur pétri de vanité, sans manquer ni de grandes qualités, ni de nobles sentiments où le courtisan accompli (qui sait toujours adapter ses manières, ses paroles, sa conduite au maître qu'il sert) prédomine. Pour ce roi des Alcibiades modernes, avec des impulsions souvent généreuses, l'atmosphère de la cour est aussi nécessaire que l'eau à l'existence d'un brochet.

L'EMPEREUR.—J'en ai entendu parler. A-t-il servi Napoléon?

METTERNICH.—Oui, Sire, il fut un de ses aides-de-camp favoris qui le fascina plus d'une fois par ses flatteuses réparties, et qui savait admirablement tirer parti de ses bons mots et de sa fascination.

L'EMPEREUR.—Vous piquez furieusement ma curiosité à l'égard du général polonais; je le verrai demain à trois heures de l'après-midi.

SCÈNE II.—*On voit le Prater, le grand jardin public de Vienne où on prend des glaces près d'une table.*

LE GÉNÉRAL COMTE VINCENT KORVIN (*fixant près de lui un jeune étranger*).—Jeune homme, pourquoi êtes-vous si pensif, qu'avez-vous sur le cœur?

LE JEUNE HOMME.—Je ne vous connais pas, et si je vous disais la cause de mes chagrins, cela ne m'aiderait en rien.

KORVIN (*de côté*).—Quelle ressemblance! Qui sait si en les connaissant je ne pourrais pas vous être utile; parfois le hasard joue un grand rôle dans notre destinée.

LE JEUNE HOMME.—Eh bien! je vous dirai d'abord que j'ai quelques dettes pressantes à payer et je n'ai pas d'argent et puis, que j'aime une jeune personne qui me rend la pareille. Ses parents l'ont forcée de quitter Vienne, et je n'ai pas les moyens de la suivre.

KORVIN.—Peut-on savoir quelle somme serait nécessaire pour accomplir vos désirs?

LE JEUNE HOMME.—Cent cinquante ducats pourraient peut-être me rendre la gaîté que j'ai perdue.

KORVIN.—Votre accent français n'est pas celui d'un Allemand.

LE JEUNE HOMME.—Je ne suis pas Allemand.

KORVIN.—Venez me voir demain à cinq heures de l'après-midi à l'hôtel de Rome.

LE JEUNE HOMME.—Avec qui ai-je l'honneur de parler?

KORVIN.—Vous saurez cela demain à l'heure indiquée en demandant mon valet de chambre Antoni. (*Il sort*).

SCÈNE III.—*Au palais impérial; salle d'audience. On voit l'Empereur d'Autriche causant avec un de ses ministres.*

LE MAÎTRE DE CÉRÉMONIES.—Le général comte Vincent Korvin avec une lettre de la part de l'Empereur de Russie pour Votre Majesté.

KORVIN (*à l'empereur d'Autriche*).—L'empereur Nicolas, roi de Pologne, dont je suis l'aide-de-camp, m'a chargé de remettre cette lettre à Votre Majesté et de l'informer de son avénement au trône de ses ancêtres.

L'EMPEREUR (*après la lecture de la lettre*).—Où étiez-vous pendant les guerres de Napoléon?

KORVIN.—Dans ses armées.

L'EMPEREUR.—Quel grade aviez-vous dans l'armée française?

KORVIN.—L'Empereur Napoléon me donna d'abord le grade de colonel; je commandais un régiment polonais de sa garde. Plus tard, il me fit son aide-de-camp et général, et me combla de faveurs.

L'EMPEREUR.—Vous lui avez donc beaucoup plu; où étiez-vous en 1809?

KORVIN (*d'un ton larmoyant, en s'inclinant lentement jusqu'à terre.*—J'avais le malheur de combattre les troupes de Votre Majesté et je ne cesserai jamais de déplorer la fatalité de cette époque de ma vie.

L'EMPEREUR (*d'un ton cavalier*).—Mon cher monsieur, pourquoi tant de lamentations? Vous avez fait votre devoir comme Polonais, et moi j'ai fait mon devoir comme Autrichien; vous étiez fidèle à l'heureuse étoile de Napoléon, aussi bien que vous l'êtes maintenant à celle de l'Empereur Nicolas, et que vous le seriez à toute autre qui brillera sur l'horizon.

KORVIN. — Quand la fortune devint marâtre à l'empereur Napoléon, quand tout le monde l'abandonna à Fontainebleau, je fus le dernier à le quitter Sire, avec mes troupes polonaises, et je ne l'ai quitté que par ses ordres et avec ses meilleurs souhaits. Sans discuter les questions trop compliquées de la politique, je serai toujours esclave de ma parole donnée volontairement (1).

L'EMPEREUR (*d'un ton radouci*). — Je voudrais que tout le monde fût de votre opinion en Autriche ; votre fidélité, général, à Napoléon, quand tout le monde l'a abandonné, et votre arrivée avec les débris de l'armée polonaise en 1814 à Varsovie, font la plus belle époque de votre vie. Les comtes Pierre, Léopold et Auguste Korvin, qui demeurent dans mes États, sont-ils vos parents ?

KORVIN. — Oui, Sire, le dernier néanmoins qui s'est marié avec une riche héritière de notre famille, demeure maintenant dans le royaume de Pologne, sans cesser de visiter souvent la Galicie.

L'EMPEREUR. — Voilà une réponse pour l'Empereur Nicolas, dites lui mille choses obligeantes de ma part, faites moi la grâce d'accepter cette tabatière avec mon portrait, et n'oubliez pas, général, de me rendre visite toutes les fois que le hasard vous conduira à Vienne.

KORVIN. — Pénétré de reconnaissance, Sire, pour l'accueil obligeant dont Votre Majesté vient de m'honorer, je m'estimerai heureux de remplir toujours ses ordres avec la plus scrupuleuse exactitude. (*Il sort*).

SCÈNE IV. — *Un jeune homme arrive à l'hôtel de Rome et demande Antoni le valet de chambre d'un noble étranger.*

LE JEUNE HOMME (*au valet Antoni*). — Je viens ici d'après les ordres exprès de votre maître.

ANTONI. — Le voilà qui arrive.

KORVIN. — Ah ! c'est vous, jeune homme, à la bonne heure, entrez avec moi ici. (*En se tournant vers Antoni*). Y a-t-il des lettres.

ANTONI. — Il y en a deux.

KORVIN. — (*En se tournant vers le jeune homme*). — Permettez-moi de les lire. Il faut que je parte demain à l'aube du jour.

LE JEUNE HOMME.—C'est une triste nouvelle pour moi de perdre si vite un nouvel ami.

KORVIN.—Vous ressemblez si fortement à un sergent de mon ancien régiment des lanciers, que je voudrais savoir votre nom.

LE JEUNE HOMME.—Je suis effectivement le fils d'un sergent qui vous servit jadis dans les chevaux légers de la garde impériale, et je m'appelle Edouard Boski.

KORVIN.—Comment vont Lutia, votre mère, et votre père le moustachier.

BOSKI.—Il ne sont plus de ce monde, (*il fixe le général*), je vois aussi que le portrait, que mon père a laissé de son colonel vous ressemble beaucoup, et vous devez être le général comte Vincent Korvin.

KORVIN.—Oui, je suis le même, qu'est devenu le soulier de la reine Hortense.

BOSKI.—Ma mère le conserva dans une boîte d'argent, couverte d'une autre boîte en dehors, et il se trouve encore à présent en Italie, où, après la chute de Napoléon, ma mère se réfugia pour cause de santé, sans cesser de voir parfois sa royale bienfaitrice.

KORVIN.—Eh bien, jeune homme, vos traits et votre nom, me rappellent des souvenirs des plus beaux jours de ma vie, voilà trois cent ducats qui payeront toutes vos dettes, et vous permettront de revoir votre bien-aimée. En attendant, nous boierons un peu de champagne, pour vos succès en amour.

BOSKI.—Général, vous me comblez de bontés, je n'aurai pas de moyens de vous rembourser votre argent, et je n'ose.....

KORVIN.—Je vous le donne comme ami, et vous m'offensez par vos scrupules ; je fus plus d'une fois amoureux moi-même, et on a payé maintes fois mes dettes, je sens donc quelque plaisir à faire quelque bien aux autres. Je vous donne en autre une lettre pour le comte Pierre Korvin. Il demeure à *Rohatyn*, et peut vous être utile, attendu que son frère Léopold, qui est chambellan de l'Empereur d'Autriche, connaît tous les Allemands. Je vous conseille de ne jamais changer de religion, et de respecter les gouvernements des pays où vous vivrez ; dans le cas où le hasard vous conduirait à Varsovie, venez me voir.

BOSKI.—Je ne puis, en m'éloignant, que conserver le souvenir de vos bontés, général, je regarderais chaque jour de ma vie comme mal employé, où je n'adresserais pas à l'Eternel des vœux ardents pour votre bonheur.

KORVIN.—Au revoir, que Dieu vous conduise. (*Il sort*).

ACTE II.

SCÈNE I.—*Le théâtre représente Constantinople au mois de septembre. On entend des coups de canon. La scène est dans le magnifique palais de Reschid-Pacha.*

L'AMBASSADEUR RUSSE (*à Resehid-Pacha*). — Que signifie ces coups de canon ?

RESCHID-PACHA.—Votre Excellence qui sait parfois beaucoup de choses ici, doit savoir qu'on tire ces canons en honneur de Michel Czayka, qui vient d'embrasser l'islamisme. Le Sultan (que Dieu garde ses jours) l'a nommé Sadyk-Pacha, pour ses grandes capacités et son attachement pour la Turquie, et, d'après nos lois, il est désormais à l'abri des persécutions.

L'AMBASSADEUR RUSSE.—Ah ! c'est un réfugié polonais, qui ne manque pas de capacités littéraires et dont l'idée fixe est de détacher tôt ou tard les Cosaques de la Russie. *Rien de moins que cela,* la protection que vous lui accordez (*avec ironie*) plaira sans doute à mon auguste souverain l'Empereur de Russie.

RESCHID-PACHA.—Elle est aussi gracieusement accordée par Sa Sublime Hautesse, et approuvée par les ambassadeurs de France et d'Angleterre.

L'AMBASSADEUR RUSSE.—Toujours avec votre France et Angleterre. Je rapporterai cela à ma cour. Je vous quitte. (*Il sort vexé.*)

SCÈNE II.—LE SECRÉTAIRE DE RESCHID-PACHA (*à son maître*).— Un pauvre réfugié, vers la quarantaine, un peu connu de Sadyk-Pacha, vient de sa part avec une lettre pour solliciter une place de Votre Excellence.

RESCHID-PACHA.—Qu'il entre.

LE RÉFUGIÉ.—Voilà une lettre pour Votre Excellence.

RESCHID-PACHA.—Eh bien ! que voulez-vous ? je compatis à vos nfortunes, mais je ne puis trouver de place pour tout le monde. (*Il lit la lettre.*) Je donnerai des ordres pour alléger vos souffrances. La Turquie ne permet à personne de mourir de faim. L'hosp'talité turque n'est pas un vain mot, et comme votre compatriote parle en votre faveur, et aujourd'hui deviendra Turc, peut-être fera-t-on quelque chose pour vous. Connaissez-vous quelque langue ou quelque chose ?

ÉDOUARD BOSKI.—Je parle bien le français, et je comprend l'italien, et à dire la vérité à Votre Excellence, j'ai quelque goût pour soigner un jardin.

RESCHID-PACHA.—C'est justement ce qu'il nous faut. Le Sultan veut avoir un jardinier qui parle français ou italien. Sa Sublime Hautesse comprend ces langues. Je vais le voir et lui parler. En attendant restez ici avec mes secrétaires.

ÉDOUARD BOSKI.—Je ne manquerai pas d'attendre les ordres de Votre Excellence. (*Après une pause*).

SCÈNE III.—UN OFFICIER DU SÉRAIL (*en entrant*).—Où est le réfugié qui parle français et italien, et veut être jardinier ?

BOSKI.—Me voilà.

L'OFFICIER DU SÉRAIL.—Quand un étranger devient musulman, on refuse rarement ses demandes le jour de sa conversion. Reschid-Pacha vient de parler de vous au Sultan, qui vient de vous nommer premier jardinier du Sérail. Vous appartenez désormais à la suite de Sa Sublime Hautesse, et vous aurez peut-être l'honneur de lui parler un de ces jours.

BOSKI.—Quelle bonne nouvelle !

L'OFFICIER DU SÉRAIL (*en lui donnant une bourse de la part du Sultan*).—Je dois vous informer en attendant que vous pouvez rester tant qu'ils vous plaira au jardin, excepté quand les dames le visitent, et si alors un homme s'y trouve, il est mis à mort par les ennuques, qui les gardent. Pour prévenir un pareil accident, ces derniers précèdent toujours leur arrivée ; on sonne en outre trois fois une cloche, dont le son est fort particulier, et qui signifie, que tout le monde doit quitter le jardin. Je vais vous faire connaître tout ce qui est nécessaire en semblables circonstances, en vous priant de dire quelques mots au Sultan en faveur d'Abdalah-Djbi, votre dévoué.

BOSKI.—Vous pouvez être sûr Abdalah, que je n'ai pas de raison d'être votre ennnemi.

SCÉNE IV.—*Le théâtre représente le superbe jardin du Sérail avec ses grottes, ses cascades, ses bosquets. On y voit des fruits délicieux et la mer de loin. Le son d'une cloche et du tambour se font trois fois entendre, par intervalle, les eunuques parcourent le jardin, et bientôt le Sultan paraît avec les dames. Les odalisques chantent des airs nationaux. On sent des parfums aromatiques.*

LE SULTAN (*à une odalisque*).—Chante-moi, Zemira, les airs de la Podolie, ces airs mystérieux, poétiques, passionnés et sauvages à la fois, qui m'ont toujours beaucoup plu.

(*Elle chante* LE GRITZ *avec d'autres par refrain en pinçant la guitare. On entend dans une grotte le piano, le violin et la flûte. On entend aussi après une* KOLOMYIKA, *chansons particulières connues aux environs de* KOLOMYIA *petite ville de la Galicie autrichienne. Le Sultan en battant, la mesure approuve, la musique et le chant. On voit derrière les arbres près du mûr un homme profondement endormi. Il rêve de quelque chose fait des gestes énergiques et prononce le mot patrie. Les odalisques confuses baissent leurs voiles. Les eunuques l'entourent avec des sabres nus, l'un d'eux le pousse, le réveille, et veut le frapper. Un cri d'horreur se fait entendre plusieurs odalisques sollicitent sa grâce aux pieds du Sultan, d'autres s'élancent entre les eunuques et crient "ne le tuez pas, ne le tuez pas, c'est un étranger, cela est arrivé par accident." Le Sultan fait un geste de l'épargner, et de l'amener près de lui.*)

LE SULTAN (*d'un ton d'autorité*).—Comment osez-vous rester dans le sérail quand j'arrive avec les odalisques. Ne savez-vous pas que vous avez mérité la peine de mort d'après nos lois ?

L'ÉTRANGER (*entouré des gardes répond en français*).—Sire, je suis exilé politique, dans la misère, par la connaissance des amies de Sadyk-Pacha, j'ai obtenu une lettre de recommendation pour Rechid-Pacha, qui fût assez bon de me procurer une place de jardinier de votre Sublime Hautesse.

LE SULTAN (*d'un ton plus irrité*).—Est-ce que l'officier du sérail qui parle plusieurs langues ne vous a pas appris comment vous devez vous comporter dans mon jardin.

L'EXILÉ (*se mettant à genoux*).—Épargnez le Sire, je suis moi seul coupable, il m'a donné des instructions les plus précises et les plus circonstanciées comment se comporter au jardin du sérail. Il m'a dit plusieurs fois, qu'il y va de ma vie de suivre ces instructions à la lettre, et il s'est même donné toutes les peines du monde pour me les faire comprendre, et ne m'a quitté, que quand il se fut assuré, que je savais tout ce qu'il fallait savoir, mais comme sans être malade je me sens depuis quelques jours indisposé, comme je ne pouvais pas me familiariser avec la bizarrerie de ma destinée, je me suis endormi et j'ai rêvé de mes parents, des mon pays, des jours de mon enfance sans avoir la moindre idée d'abuser de la généreuse hospitalité dont votre majesté vient de m'honorer.

LE SULTAN (*d'un ton radouci en faisant signe aux eunuques de se retirer*).—Je crois à vos paroles car elles semblent provenir du cœur, je vous pardonne cette fois ci la transgression involontaire de nos lois, en vous avertissant d'être plus circonspect ponr l'avenir, et ne pas courir le risque de perdre votre vie inutilement. La Turquie se civilise peu à peu, mais nous ne pouvons pas mépriser les anciennes coutumes respectées et chévies par nos ancêtres. Quel est votre pays, et par quel hasard êtes vous arrivé en Turquie ?

L'EXILÉ.—Je m'appelle Édouard Boski. Je suis, Sire, le second fils d'un sergent-major du célèbre régiment des lanciers polonais de la garde de l'empereur Napoléon. Mon père épousa une Piémontaise, bien connue à la reine Hortense. Je naquis dans la Pologne autrichienne près de *Kolomiya*. Après avoir quitté l'Autriche, je partis pour la Sardaigne, et puis pour la Pologne russe, sans pouvoir obtenir la permission de retourner en Gallicie. Après avoir perdu deux personnes successivement auxquelles je fus attaché, le torrent des guerres civiles m'emporta en 1849 et me jetta sur le sol de la Grande-Bretagne, d'où je me suis rendu par l'Amérique à Constantinople.

LE SULTAN (*visiblement ému*).—Je plains le sort de la Pologne, et les malheurs de ses enfants exilés, auxquels mes ancêtres ainsi que moi, n'ont jamais refusé un abri, en dépit de toutes les menaces de la Russie, mais je ne puis aller plus loin que cela, d'autant plus, que les absurdités impraticables des réfugiés anarchistes, et leurs intrigues dans les pays où ils devraient se tenir tranquilles, firent beaucoup de tort à leur cause, et beaucoup de bien à la Russie indirectement. Quant à l'Autriche, les anciennes guerres entre elle et la Turquie ne reviendront plus je l'espère, et je n'ai rien tant à cœur, que de vivre en bonne intelligence avec ce puissant empire, dont les plus chers intérêts ne cesseront jamais d'être sérieusement menacés avec ceux de la Turquie et de l'Europe civilisée, tant que les Russes occuperont les bouches du Danube.

BOSKI.—Il est à présumer Sire, que les présents hommes d'état connaissant toute l'importance de la question du Danube, ne permettront plus à la Russie de tenir dans leur mains la clé de ce fleuve superbe, qui peut devenir une voie facile de communication entre l'Europe et l'Asie, et conférer aux deux parties du monde de grands avantages commerciaux. C'est encore plus peut-être par la possession des bouches du Danube, que par la possession de Sébastopol, que la Russie trouble constamment le repos du monde entier.

LE SULTAN.—Votre mère donc était Piémontaise attachée à la cour de la reine Hortense?

BOSKI.—Oui, Sire.

LE SULTAN.—Les Piémontais sont des vrais Spartiates de l'Italie, et vous devez être fier d'avoir eu une mère de cette race, d'autant plus que le présent roi de Sardaigne est une espèce de Bayard (2) parmi les souverains, tandis que le seul nom de la reine Hortense, rappelle les charmes d'une belle femme, dont les grandes qualités et le profond esprit seront probablement transmis à sa postérité, de manière à consolider le bien-être des habitants de la France entière, et d'augmenter son influence salutaire avec celle de l'Angleterre, dans tous les recoins du globe.

BOSKI.—La conduite magnanime de Votre Sublime Hautesse à mon égard, harmonise admirablement avec l'ancienne hospitalité de la Turquie envers tous les réfugiés, appauvris par de nobles infortunes, et me font chérir pour vous et votre pays, Sire, mes devoirs d'éternelle reconnaissance.

LE SULTAN.—Ne me louez pas tant, étranger digne d'un meilleur sort, ce jour m'a épargné un meurtre qui aurait toujours pesé sur ma conscience, ce n'est pas à moi précisément, mais c'est surtout à cette femme que nous devons tous les deux quelques obligations, et vous encore plus que moi (*ici Boski se jette à ses pieds*); sans son active intervention les eunuques vous auraient massacré avant que j'eusse eu même le temps de leur donner un signe de paix (*en se tournant vers l'odalisque*): " Tu fus jadis la perle du Caucase, " la rose du Sérail, l'orange de mes lèvres, et maintenant belle en-

" core, tu combats avec les ravages du temps sans être définitive-
" ment conquise. Zemira je te permets de rejeter le voile et de
" faire voir ton visage à l'étranger auquel tu viens de sauver la vie.'

ZEMIRA (*en découvrant son visage et en rougissant*).—Volontiers Sire. Un Polonais de la Padolie, Ivanoski, après m'avoir délivrée, dans ma jeunesse, des féroces Cosaques du Don, m'a escortée dans mes foyers au péril de sa vie en Circassie. Sans lui je n'aurais jamais eu le bonheur d'être connue de Votre Sublime Hautesse; s'il me fut toujours pénible de ne jamais revoir mon libérateur depuis, il m'est agréable de sauver, par hasard, du moins, les jours de son compatriote qui lui ressemble.

BOSKI (*à Zemira*).—L'homme qui vous a délivrée des mains des Cosaques fut mon cousin germain. Il vient de mourir il y a trois ans. (*Elle baisse tristement les yeux. Il la fixe de nouveau et dit de côté.*—Quelle ressemblance.

LE SULTAN.—A qui ressemble-t-elle?

BOSKI.—A deux personnes à la fois, qui, sans se connaître se ressemblent néanmoins comme deux cousines germaines, Sire.

LE SULTAN.—Qui sont-elles?

BOSKI.—La duchesse d'Alba, dont les manières engageantes et la jolie taille attirent partout involontairement de respectueux soupirants, tandis que ses yeux bleus foncés sont ornés et fortifiés de si longues paupières que leurs cils seraient capables de châtier tous les hommes qui, en la voyant une fois, ne sentiraient pas du plaisir de la revoir encore, d'autant plus qu'on la considère comme la dame la plus gracieuse de l'Espagne entière.

LE SULTAN.—Ma foi! *c'est beaucoup dire,* et je voudrais la voir ne fut-ce que pour satisfaire une simple et fort pardonnable curiosité. Et qui est l'autre?

BOSKI.—Une des demoiselles *How Red* (1), dont l'image angélique, la voix musicale, les cheveux chatain clair, les dents plus blanches que la neige des bruyères, et la fraîcheur, non moins que ses aimables dispositions, lui ont mérité le surnom de *la reine des lacs et des brouillards.* Votre Sublime Hautesse ne sait peut-être pas que la beauté du teint d'une femme est presque toujours en proportion non de la clarté du ciel, mais des brouillards.

LE SULTAN.—Vraiment ma curiosité est maintenant divisée, entre la duchesse et la reine des brouillards. Je crois avoir lu quelque chose sur la beauté de cette dernière dans un ouvrage publié en Angleterre sur les Cosaques de l'Ukraine. Elle fut une des voisines du lieutenant-général Windham, dont le nom reproduira peut-être de modernes héros. Elle est déjà mariée et a, je crois, troublé, sans le savoir, les songes d'une notabilité étrangère pendant plusieurs années. Elle fut très jolie il y a onze ans (3).

BOSKI.—Les femmes les plus séduisantes généralement parlant, sont de trente à quarante huit ans.

LE SULTAN.—C'est possible ailleurs, mais pas en Turquie : maintenant dites moi franchement, sentez-vous quelque chose pour Zemira ?

BOSKI.—Certainement elle ne m'est pas tout à fait indifférente.

LE SULTAN.—S'il en est ainsi, oubliez vos fantômes et attachez vous à la réalité je vous donne l'odalisque, elle a quarante deux ans et je ne vous oublierai pas.

BOSKI.—Je l'accepte, Sire, comme une femme lêgitime, ainsi Dieu le veut. (*Il presse contre son cœur l'odalisque qui se jette confuse dans ses bras.*) Encore une grâce.

LE SULTAN.—Qu'est-ce donc ?

BOSKI.—Faites, Sire, quelque chose pour Abdallah Djbi qui fut mon ami et a toujours bien servi votre Sublime Hautesse.

LE SULTAN.—J'aime de pareils sentiments, il recevra une décoration et d'autres faveurs, et il sera témoin avec moi de votre mariage.

FIN.

NOTES.

(1) L'auteur rapporte ici littéralement, sans aucun commentaire, la conversation qui a eu lieu entre le général comte Vincent Korvin et l'Empereur d'Autriche. Le premier, qui est dans sa 76e année, se porte bien. C'est peut-être le courtisan le plus accompli et l'homme le plus agréable *du monde entier*. Le comte Possenti, un Italien de distinction, bien connu dans les hauts cercles de Berlin, Paris, Vienne et Londres, lui ressemble pour le visage un peu. (Voy. p. 36.)

(2) Sur le versant d'une montagne déserte, au milieu d'une nature romantique et sauvage, dans un véritable recoin d'Angleterre jadis connu par la quantité de sangliers qui s'y trouvaient, s'élève une petite maison protégée du vent de l'est et des neiges par quelques arbres de sapins. Elle contient une famille anglaise, qui vit sur l'héritage de ses ancêtres. Il y a deux garçons et trois demoiselles avec le père et la mère. Ceux-ci, qu'on admirait autrefois comme un beau couple, ont transmis à leurs enfants non-seulement leurs bonnes qualités, mais aussi la beauté de leurs visages. Leurs trois filles sont toutes plus ou moins bonnes. Chacune d'elles se fait remarquer par des mérites particuliers. L'aînée, une blonde dont les traits sont plus prononcés, a tout-à-fait l'air d'une demoiselle châtelaine, et gouverne avec beaucoup d'économie, de tact et de prudence la maison. La seconde, d'un genre de beauté different, d'uue taille plus élancée, plaît surtout par sa douceur, fut plus d'une fois la *Belle des Bals* du voisinage et malgré son air pensif et souvent mélancolique, n'en est pas moins la constante favorite de ses frères. Elle ressemble beaucoup à la duchesse de Courlande (d'après le portrait de celle-ci dans sa jeunesse), mère de la duchesse de Carignan, dont les descendants gouvernent maintenant la Lombardie et la Sardaigne. La plus jeune qui vient de quitter la pension et touche à peine à sa dix-huitième année, est fraîche comme une rose, aussi spirituelle que ses sœurs; elle est plus vive, plus enjouée. Ayant reçu de la nature une taille extrêmement élégante et gracieuse, et montrant parfois en souriant ses dents d'ivoire, paraît inviter sans le savoir de cueillir des cerises sur ses petites lèvres de corail, et peut être considérée comme une des naissantes beautés de la Grande-Bretagne, capable d'enchaîner bien des princes à ses pieds.

Un songe extraordinaire, qui fut rapporté dans un cercle de province à l'égard du roi de Sardaigne, nonmoins que sa conduite noble et vraiment chevaleresque envers les puissances alliées dans la guerre présente enthousiasma entre autres femmes une des demoiselles dont nous parlons en sa faveur. Elle résolut de le voir.. Se trouvant avec sa mère à Londres pendant la visite de Sa Majesté, et sachant qu'il devait honorer lord Palmerston de son auguste présence, elle se rendit en voiture dans la cour du premier ministre, où, se tenant à l'écart, elle attendit pendant plusieurs heures l'arrivée du roi. Comme il fallait attendre longtemps, elle voulait aussi voir à loisir lord Palmerston. Dès qu'il parut, elle dirigea sur lui ses avides regards et le cribla des deux messagers de ses yeux; mais pendant qu'elle disait: "*Pleasing gentleman, great statesman, pride of England,*" le Roi de Sardaigne, qu'elle avait vu une fois au théâtre, vint de passer tout près; elle le reconnut, mais entrant déjà chez lord Palmerston et fut très chagrinée d'avoir perdu par un hasard inattendu l'occasion de le considérer à loisir. Elle le vit néanmoins encore, dit: "*God bless him!* je ne le verrai plus," et partit.

Quelques jours plus tard, plusieurs demoiselles s'entretenaient des qualités de l'Empereur Napoléon, du Roi de Sardaigne et du Sultan. Après plusieurs discussions où chacune de ces demoiselles vantait son favori, l'une d'elles dit que Napoléon a l'air trop grave sans pour cela être désagréable, que quoique Victor-Emmanuel ait l'air distingué non moins qu'aimable, elle n'oserait pas lui accorder un baiser, s'il était même son frère ou son futur, attendu que le poil de ses moustaches pointues en touchant ses lèvres, pourrait bien faire saigner son visage. Une autre fit la remarque que la barbe du Sultan ne serait pas si dangereuse et que l'air mélancolique, noble et mystérieux à la fois d'Abdul-Medjid lui plaisait beaucoup. (Voy. p. 42.)

(3) L'auteur a vu plus d'une fois en province cette charmante demoiselle. Elle fut accompagnée une fois de son amie de Southen Grey. Toutes les deux furent à cheval. Comme cette dernière connaît l'auteur et le salua, sa compagne l'honora aussi d'une gracieuse révérence, qui lui fut rendue. Plus tard, un singulier hasard permit à l'auteur de suivre pendant quelques minutes pas à pas, sans être vu, cette belle Rose des Brouillards.

A un vent furieux qui rougit le couchant du ciel, succéda peu à peu une superbe nuit d'été, et quand le soleil, jaloux des charmes de l'aimable Colombe de Cumberland (dont la seule présence apaisa les vagues de la mer en furie), se cacha de honte derrière les montagnes d'Écosse, la pleine lune se montra dans tout son éclat. La Reine des lacs s'arrêta avec son cheval, le caressa gracieusement de sa main blanche et délicate, et contempla pour quelque temps ce magnifique spectacle. Chose curieuse, tel fut le magique effet de ses regards, que le cauchemar du soleil errant et solitaire en vain pendant tant de siècles pour trouver une compagne, croyait pouvoir enfin la rencontrer. Emu et reconnaissant de cette faveur inattendue, à la distance de millions de milles, à travers les mers et les cieux, il la combla d'amoureux baisers; mais justement quand il s'attendait au bonheur, sa maîtresse chérie soupira, son sein virginal se gonfla, et de son haleine parfumée sortirent doucement ces paroles : "*Me serait-il fidèle? je crains son absence et Liverpool.*" Elle fut amoureuse. Ce fut donc une chimère, un rêve, une illusion. Puis elle se tourna avec son cheval et reprit son chemin. Son amant luminaire n'osa pas encore l'abandonner et disputa avec de brillantes étoiles le dernier plaisir de l'accompagner, et pendant qu'il l'accompagnait et veillait sur elle en la suivant doucement en silence, des troupes nombreuses de coulons, se levant successivement des sables déserts des alentours, déchiraient l'air de leurs cris plaintifs et prolongés. Bientôt après la *Reine des Brouillards*, après avoir dérangé sur l'eau quelques canards sauvages, descendit de cheval et rentra dans la maison paternelle où on l'attendait déjà avec impatience. Alors le cauchemar du soleil, ne pouvant d'aucune manière l'éclairer plus de ses rayons, fatigué et troublé, dormit un peu sur le miroir du lac, au bord duquel reposait tranquillement l'objet de ses flammes. Craignant plus tard de rencontrer l'aurore, il s'éloigna à regret, passa au-dessus des montagnes escarpées, des vallées solitaires, toucha légèrement de magnifiques châteaux, sourit aux bruyères et aux rocs sauvages près de la demeure amicale d'un chevalier boiteux, traversa dans sa course les Carpathes, et alla se perdre dans les steppes désertes de l'Ukraine, où il erre comme le désespoir, seul, sans but et sans fin, et ne comprendra bien la cause de sa mystérieuse destinée qu'après la fin du monde. (Voy. p. 44.)

IMPRIMÉ CHEZ JOSEPH THOMAS, 8, WHITE HART STREET, DRURY LANE.

www.ingramcontent.com/pod-product-compliance
Lightning Source LLC
LaVergne TN
LVHW012007160826
845678LV00002B/699

* 9 7 8 2 3 2 9 6 7 5 7 9 4 *